GW01605129

Alex Schulman

SKYNDA ATT ÄLSKA

Månpocket

Denna Månpocket är utgiven enligt överenskommelse med
Bokförlaget Forum, Stockholm

Omslagsdesign Sigge Eklund
Omslagsfoto privat

Tryckt hos ScandBook AB, Smedjebacken 2011

ISBN 978-91-7001-743-8

Till pappa.
Jag saknar dig väldigt mycket.

Jag åker längs en väg som är mig mycket bekant. Det är en grusväg som dammar och spottar sten mot dikena till höger och vänster och som hela tiden vill överraska med oväntade kurvor. Men mig överraskar den inte. Jag kan allt om den här vägen. Jag far fram i min bil till ljudet av ivriga däck mot grus och någon sten som då och då rasslar in i bilens underrede, väsnas och försvinner. De har huggit ner lite skog till höger, men annars är allt sig likt. Min puls stiger när jag kör förbi dungen vid postlådorna där jag många gånger stannat med pappa för att plocka liljekonvaljer till mamma. Jag passerar den lilla ån där det kunde hända att jag och mina bröder paddlade kanot. Jag far upp över krönet där solen kan vara besvärligt låg om kvällarna och sedan in på den igenvuxna grusvägen nedför sluttningen mot sjön.

Känslan av vildmarksexpedition stärks när bilen kör över de stora stenhällarna och lutar strängt och farligt först åt vänster och sedan åt höger. Förbi ladan där vi en gång i tiden inhyste tre höns som pappa döpte till ”systrarna Johansson” och så är jag framme vid torpet.

Jag har rest från Stockholm via Västerås, Örebro, Karlskoga och Filipstad, men jag har underskattat sträckan. Pappa klarade den alltid på strax över fyra timmar, men så kände han också till några listiga genvägar på skogsvägarna mellan Gustava och Gustavsfors. Själv har jag tagit mig fram på asfalt så länge det varit möjligt, jag tittar på klockan och noterar att jag kört i nästan fem timmar.

Det är sent, men fortfarande sol. Jag kör bilen ända fram till torpet, det fick man förr om åren endast göra om man hade tung packning som måste lastas ur bilen. Jag kliver ut och ställer mig och tittar ner mot bastun och ut över sjön. Det blommar överallt. Smörblommor vajar i den försiktiga vinden nere på ängen som en gång var vår fotbollsplan. Lupiner står uppradade som böjda sablar. Nässlorna sträcker ut sig vid jordkällaren. Björkarna viskar bakom huset och äppelträdet som pappa gav till mamma den sista sommaren har vuxit sig någon decimeter högre. Och hela tiden vindsnabba svalor som gör livsfarliga cirkusnummer alldeles över mitt huvud. Långa bågar upp i luften, vilda störtdykningar ner mot marken och sedan upp igen. De ser ut att vilja berätta något, de där svalorna, men de kan lika gärna ha förlorat förståndet.

På varje liten yta på den här tomten kan jag se min pappa framför mig. Jag blir fullständigt övermannad. Jag ser honom där han står och nystar i fisknätet nere vid bastuväggen. Det har blivit trassligt efter en gädda som fastnat tidigt och gett upp sent. Pappa tackar mig för att jag gör honom sällskap, han vet att jag tycker att det är tråkigt att titta på när han håller på med näten. Jag ser honom nere vid vattenbrynet på kvällen. Han har följt efter kvällssolen och dricker ett sista glas whisky innan solen försvinner. Det är bara en strand och pappa i en stol. Han sitter kvar en stund och tittar på aftonrodnaden över bergen, så får han något vemodigt i blicken och vandrar åter upp mot huset. Jag ser honom med bar överkropp vid grillen, där han fokuserat och under mycket stor brådska vänder biffar och ropar ”fort, fort, ge mig en tallrik” när han upptäcker att något är färdiggrillat. Jag ser honom inne i bastun där han sitter med benen i kors och i exploderande tystnad tittar ut över sjön. Eller när han strax efteråt sitter utanför i badrock och njuter av en kall öl och nyplockade rädisor som Calle och jag sprungit upp och hämtat till honom. Han viskar ”oj” varje gång han dricker ur ölglaset.

Det här är en plats där pappa finns överallt. Det går att frigöra sig från minnena av honom på alla andra ställen på jorden, men här är det omöjligt. Varje millimeter i och omkring det här torpet berättar historier om pappa. Det är ofattbart att vara här igen, att se ekan nere vid sjön och inse att vi inte kommer att lägga nät tillsammans ikväll. Att höra en bil mullra uppe vid vägen, men omedelbart tvingas ge upp hoppet om att det är pappa som kommer tillbaka från affären. Att känna doften av kol och tändvätska och konstatera att jag inte kommer att höra pappa upphetsat ropa efter en tallrik.

Pappa är inte här och det gör att hela torpet är ur led.

Jag blickar ut över fälten och ser alla miljontals osynliga fotspår av mig själv som liten. Det var här jag tillbringade alla mina somrar från att jag var sex år tills att jag var arton. Alla dessa hundratals dagar på torpet, tillsammans med mamma, pappa och mina bröder Calle och Niklas. Det regnade ibland och då satt vi i köket och blickade dystert ut över sjön i hopp om att se tecken på bättre väder, men de flesta minnen jag har härifrån badar i solsken. Varje dag var ny, men ändå en variant av den föregående. Alla de där åren, alla de där dagarna, känns som en ljuvlig upprepning av en och samma lyckliga dag.

Pappa väckte mig och Calle klockan åtta på morgonen, det var dags att dra upp näten som vi hade lagt i kvällen före. Ibland var Niklas med, oftast inte. Han var äldre och höll sig mest för sig själv. Pappa hade ett halmstrå i munnen, oerhört stora gummistövlar, en blåvitrandig murarskjorta och hatt på huvudet. Vi gick på en daggkittlande stig ner till sjön och drog ut ekan. Jag fick oftast ro och Calle öste vatten ur båten och hjälpte pappa med näten. Vi hade två nät, det ena var gammalt och fullt av hål och det andra var nytt och modernt grönfärgat. När pappa stod upp i båten skulle vi sitta stilla så att den inte krängde. Det var mycket viktigt, sa han och vi trodde honom.

Pappa visste omedelbart om det fanns fisk eller inte. Han kände det på vibrationerna. ”Jodå, här finns fisk”, sa han och det var alltid lika hisnande och fantastiskt. Pappa drog in decimeter för decimeter och nedifrån djupet kunde vi se hur glittrande fiskfjäll plötsligt reflekterades i solen. Vi fick gädda, abborre och ibland lax. All mört kastade vi tillbaka i sjön. ”Mört ska man inte ens mata hunden med”, sa pappa. Abborrarnas fenor var vassa, varnade han. Och gäddornas tänder ännu farligare.

Pappa rodde tillbaka och jag och Calle betraktade storögt hur fiskarna panikslaget slog med gälarna där de låg på ekans durk. När vi kom iland sa pappa att vi skulle visa fångsten för mamma, så vi lade fisken i en röd hink och sprang upp till torpet. Mamma satt mot husväggen med sitt morgonkaffe i solen och sa: ”Vad fint.” Och så vände vi tillbaka ner till sjön.

Calle och jag vågade aldrig ta i fiskarna, men pappa avrättade dem kliniskt. En vass knivspets i nacken, KNAK, sedan det obligatoriska och mycket obehagliga sprattlet från fisken och pappas mummel: ”Det är bara reflexer, barn. Den känner ingenting, för den är redan död.” Sedan rensade han fiskarna med kännarhänder. Klippte bort fenorna, snittade upp magen, slet ut innehållet och kastade till måsarna ute på sjön.

Efteråt åt vi frukost. Kalaspuffar med mjölk som blivit varm i solen. Pappa och mamma läste morgontidningarna så där extra noga som man bara gör på torpet. Sedan spelade vi fotboll och ibland var pappa med, om han inte var trött. Och så åkte vi in till Hagfors, storstan, där vi fick glass. Pappa ville ha Nogger och jag och Calle Lakritspuck. Vi fick alltid Coca-Cola som skulle drickas på kvällen. Doften av pappas cigariller i bilen på väg hem. Ljudet av hans ”äsch” när han råkade aska i sitt eget knä.

Mamma löste Svenska Dagbladets mycket avancerade korsord, pappa tände grillen och vi spelade mer fotboll. Jag var Zico och Calle var Platini. Jag sköt ett skott rakt i krysset och skrek till mamma: "SÅG DU?" Och mamma lyfte blicken från korsordet och sa: "Vad fint."

Pappa grillade fint kött och mamma stod i köket och ordnade med sallad, potatis och bearnaisesås. Det hände att såsen skar sig och då sa mamma alltid "shit" och började vispa hysteriskt. Vi tog två steg bakåt för att låta henne arbeta ifred.

Vi åt när solen stod lågt och våra kroppar var röda efter en lång dag utomhus. Efter maten tog mamma och pappa en whiskypinne och vi barn drack saft som sjöng av järnsmak från de rostiga rören.

Före läggdags gick pappa med oss ner till sjön igen. Han hade ett halmstrå i munnen när han drog ut ekan. Två nät skulle läggas i.

"Ikväll hoppas vi på lax", sa pappa. "Den kanske vi kan röka. Mamma tycker att rökt lax är det bästa som finns."

Sjön var alltid som vackrast på kvällen. Ljudet av svalors tvära kast nära vattenytan och någon geting som närmade sig och försvann.

"Mamma!"

Calle ropade över sjön.

"Ikväll ska vi fånga lax! Vi ska röka den till dig!"

Mamma satt där uppe med ett glas vin och en tidning. Hon vinkade med hela armen. "Härligt!"

Nyckeln till torpet är gömd på samma plats som alltid, under stenen vid stuprännan. Allt är sig likt, men inget blir någonsin detsamma. Jag låser upp, öppnar den flagnande trädörren och stiger in. Pappas träskor i storlek fyrtiofem står kvar i tamburen. Hans blåa regnjacka, som han bar vid dåligt väder, hänger fortfarande på en av krokarna. Jag går in i köket. Jag ser kortleken som vi spelade femhundra med om kvällarna. Skrivblocket med anteckningar med pappas omisskännliga handstil, ett daterat telefonnummer och ett namn som hade betydelse då.

Jag avvaktar en stund, tar in alla minnen som pyr och är redo att explodera. Sedan måste jag ut igen. Ställer mig på stentrappan, tänder en cigarett och tittar ner mot sjön. Jag överlägger med mig själv. Funderar på att omedelbart resa tillbaka till Stockholm, men inser att det inte är möjligt just nu. Det är fem år sedan jag satte min fot på det här torpet som utgjorde en så stor del av min barndom och min tid med pappa. Jag har hållit mig borta härifrån och man kan enkelt säga att det har berott på ett avgörande beslut jag tog bara några timmar efter pappas död. Jag tog det inte för att jag ville, utan för att inga andra alternativ fanns.

Mamma satt i pappas fåtölj framför teven, med blicken fäst på väggen ovanför. I hallen hade hon placerat ett fotografi av pappa och tänt ett stearinljus bredvid det. Jag fann det makabert. Det var en ganska nytagen bild, ett närbildsporträtt i svartvitt. Han log på bilden, men leendet dolde inte krämporna. Vartenda litet drag i ansiktet skvallrade om att han hade smärtor. Hans skägg var förvuxet, vi hade varit dåliga på att klippa det när bilden togs. Han hade försökt kamma det vita håret i en snedbena, eller så hade någon av oss gjort det, men det stack ut tovor överallt. Han bar sin blåvitrandiga skjorta, vilket måste betyda att bilden var tagen den sista sommaren på torpet. Sedan blev han för gammal för att färdas längre sträckor. Bilden gjorde mig illa till mods. Jag ville inte minnas pappa på det där sättet, som en plågad gamling. Jag ville minnas honom som en stark och stor man som kramades så hårt att det nästan gjorde ont. Personen jag såg på bilden var inte pappa, det var någon som behövde hjälp med att ansa sitt skägg. Någon som inte själv hade valt kläderna han hade på sig.

Han hade blivit påklädd och uppklädd för fotografering. Det var som när morfar dog. De sista åren när familjen insåg att han var på väg att gå bort började de klä ut honom i basker och kavaj och så tog de bilder på honom i en massa konstiga miljöer. De ställde upp honom i bersån i trädgården, satte ner honom i en fåtölj i biblioteket, lät honom sortera papper i sitt arbetsrum. Han hade ju ingen aning om vad det var för papper han sorterade. Jag minns känslan av omänsklighet när jag såg honom sitta där och le i en basker som han inte hade burit på tio år.

Jag hängde av mig kläderna i farstun och mamma bjöd in mig till vardagsrummet, där hon gjort i ordning sitt alldeles för starka kaffe. Jag gick förbi köket och såg att dörren till pappas rum stod på glänt och att lampan var tänd. Precis som om han låg där inne och läste och kanske behövde min hjälp med att putsa glasögonen. Jag stannade till utanför, funderade en stund och öppnade sedan försiktigt dörren och steg in. Det kändes så egendomligt. Rummet var som ett museum över pappas sista tid i livet. Allt som förut vittnade om pappas närvaro påminde nu om hans frånvaro.

Persiennerna var fördragna, pappa ville oftast ha det så. Sängen var obäddad och lakanet tvinnat, som efter en mardröm. Några Läkerol Original hade fastnat i örngottet och påslakanet. Pappa hade haft dem i munnen, somnat och så hade de trillat ut. Och där låg de, olika stora beroende på hur länge han hunnit ha dem i munnen innan han föll i sömn. Jag försökte peta bort dem från lakanen, men de satt hårt fast i tyget. Det låg näsdukar utspridda lite överallt i sängen. Några av dem använde pappa för att snyta sig i, andra för att gråta i. Han grät ofta, genom hela livet, men särskilt mot slutet.

Vid sängen stod ett bord och där fanns pappas telefon. Ett litet knyck med högerhanden och pappa hade luren i handen. Han svarade alltid efter en signal när jag ringde, "Schulman", och gjorde vad han kunde för att inte låtsas om att han sov. "Nej då, jag sitter och går igenom lite papper, bara", ljög han och frågade genast hur jag hade det.

Pappa fick den där telefonen av oss när han fyllde år. Den var stor, men framför allt: knapparna var stora. På varje knapp hade vi klistrat bilder av oss själva, och programmerat kortnumren till dem som stod honom nära. Vi förklarade för honom att om han sökte Calle så räckte det med att han lyfte luren och tryckte på knappen med hans ansikte på. Pappa blev mycket glad och sa att det var den finaste present han någonsin hade fått.

Pappa ringde oss därefter med oerhörd frenesi. Flera gånger i timmen under vissa perioder. Han kunde ringa om dagar och om kvällar och om nätter, nästan alltid med ett och samma ärende: "Jag ville bara höra din röst."

Oftast bytte vi vänligt några ord med honom och lade sedan på, men ibland tappade vi tålamodet. "Nu får du faktiskt inte ringa på ett tag, pappa!" Och pappas "nä, nä" och "förlåt och hej" och sedan klick i luren och tystnaden och det plötsligt dåliga samvetet som slog med full kraft.

Bredvid telefonen låg sömntabletterna. En liten burk med minimala piller som påverkade en stor del av min och pappas sista tid tillsammans. Pappa hade tagit sömnpiller så länge jag kunde minnas, men det var först de sista åren som han började missbruka dem. Han tog dem så fort han blev uttråkad eller fick för ont i kroppen. Det gjorde att han förlorade grepp om dag och natt, vilket ledde till att han aldrig riktigt sov och aldrig var riktigt vaken. När jag kom in i hans rum på eftermiddagen kunde han titta upp från sängen och säga: ”Men snälla nån, Alex, jag måste få sova. Vad gör du här mitt i natten?” Jag förklarade för honom att det var dag och att han måste gå upp och pappa svarade: ”Prata inte strunt.” Jag fick gå fram till fönstret och dra upp persiennen så att rummet bländades av solsken. ”Det var som fan”, sa pappa. Han satte sig upp, begrundade sömndrucket sin omgivning. ”Vad blir det för mat?”

På bordet vid sängen stod ett halvdrucket whiskyglas. Det var ett rundat glas som Calle en gång gav honom i födelsedagspresent, och efter det vägrade pappa att dricka sin whisky i något annat än det där glaset. Det var mycket solkigt, för han ville inte ens ställa ner det i diskmaskinen. Han ville helt enkelt inte vara utan det. Pappa drack mycket whisky. Vid ett tillfälle var vi oroliga för att han drack för mycket. Sedan drog han ner på det där, tappade lusten och då blev vi oroliga för att han drack för lite.

På nattygsbordet fanns också ett fotografi av mamma. Hon var ung på den svartvita bilden och hade rygglångt hår. Pappa hade placerat fotot på ett sådant sätt att han tydligt kunde se det när han låg i sin säng. Hon var vacker på bilden. Hon kisade med hela ansiktet, som om hon satt i en bastu och besvärades av hettan. Fotot måste ha någon gång tagits när mamma och pappa nyss träffats.

På väggen ovanför sängen syntes formen av ett krucifix i tapeten. Där brukade ett enkelt kors i trä hänga. Pappa tog det med sig till varje nytt stopp han gjorde i livet. Ålderdomshem för ålderdomshem, sjukhus för sjukhus; hans första åtgärd var alltid att be någon spika upp krucifixet på väggen ovanför hans huvud. Pappa talade ofta om sin tro som växte sig allt starkare. Han berättade, på något sätt tröstande, att vi fanns med i hans aftonbön. ”Jag ber för dig, Alex, för Calle, för Niklas och för Lisette. Och sedan ber jag för några fler om jag orkar. Men er missar jag aldrig.” Den sista tiden hade han använt uttrycket ”läsa katedralen” när han menade ”läsa aftonbön”. Vi påpekade det för honom, men han fortsatte och på något sätt fann vi det vackert. Att läsa katedralen. Det var ett vettigt uttryck i all sin ovettighet.

Mamma klev in i rummet och ställde sig bredvid mig. Vi tittade båda ut över minneslandskapet. Det fanns så många trygga saker i det där rummet som plötsligt innebar en känsla av absolut otrygghet.

”Man borde kanske ta tag i de här sakerna…”, sa mamma. ”Jag tänkte att jag skulle ha gjort det tidigare idag, men jag har inte haft ork. Det är så…” Jag tog mamma i handen. Vi lämnade rummet tillsammans.

”Jag har köpt kyckling. Jag kan göra kycklingstek med brunsås och potatis”, sa mamma sedan.

”Nej, mamma. Kan vi inte gå ut och äta? Vi går på

någon restaurang. Jag klarar faktiskt inte av att vara här just nu."

Vi tog på oss jackorna och gick ut.

I samma sekund som jag stängde dörren till pappas sovrum stängde jag dörren till alla minnen av honom. Jag valde bort dem, vägrade låta dem komma åt mig. Det där besöket där jag fortfarande kunde känna hans andedräkt, där Läkeroltabletterna i sängen fortfarande blänkte av hans torkade saliv, var så drabbande att jag var nära att förgöras helt. Jag visste att jag aldrig skulle klara mig om jag inte stängde av fullständigt. Min enda utväg blev att rymma. Jag utvecklade under åren en förmåga att undvika att tänka på pappa. Efterhand blev jag en mästare på det. Att besöka torpet var och förblev otänkbart.

Till slut trodde jag nog att jag hade kommit undan. Men den senaste tiden har det hänt underliga saker. Jag gifte mig och skilde mig på väldigt kort tid. Jag träffade en ny kvinna och sörjde att pappa aldrig fick träffa henne. Hon blev gravid. Och när jag tänkte på mig själv som pappa så rämnade hela den där fasaden. Pappa blev åter närvarande. Saknaden efter honom blev extremt närvarande. Jag låste in mig på en toalett och satte mig ner och grät för första gången sedan han dog. Jag grät i timmar, tog igen fem års gråtande.

När jag var färdig bestämde jag mig för att åka hit till torpet. Jag ville öppna en dörr som varit stängd i fem år.

Jag går trots allt in i igen. Slår bort tankarna och spelar avtrubbad. Låtsas att detta är ännu en i raden av fullständigt normala dagar på torpet, att allt är precis som det ska vara. Jag borstar tänderna till ljudet av den vilt vrålande vattenpumpen på toaletten. Mamma, som var här för någon vecka sedan, har meddelat att hon bäddat med rena lakan i pappas gamla sovrum på övervåningen och att jag kan sova där. Jag går långsamt upp för trapporna och öppnar dörren till det välbekanta rummet. Jag tänder en lampa och tittar försiktigt in. Jag ser pappas skrivmaskin på arbetsbordet vid fönstret. Det sitter ett papper i den, men ingenting är skrivet på det. Det fanns en ansats att skriva här, men något hände och det blev för sent.

Plötsligt slamrar minnena över mig där jag står. De rasar mot mig i stötvisa attacker och jag anstränger mig för att bli av med dem. Måste tänka på annat. Jag slår undan dem i panik, men så fort jag blir kvitt ett minne, blir jag attackerad av nästa. Som att gå på stadens zoo om natten. Man ställer sig vid ett galler och plötsligt flyger det upp en apa mot gallret. Den visar tänderna, för oväsen och försvinner snabbt in i mörkret igen. Man står chockad och paralyserad kvar vid gallret och så dyker nästa apa upp och grinar alldeles vid ens ansikte. Minne efter minne kastar sig emot mig, som apor vid gallret på ett zoo.

Pappa sitter och tittar på teve i sin fåtölj här på torpet. Han försöker tända en cigarill, men missbedömer avståndet mellan cigarill och tändsticka. Han suger på cigarillen, men lågan når inte fram. Till slut rycker han till när tändstickslågan nått ner till fingrarna och väser ”helvete”. Jag tänder en tändsticka och när jag för den mot hans cigarill mumlar han ”tack” genom mungipan. Minnet av dysterheten i att konstatera att pappa inte kan tända sin egen cigarill.

Pappa på väg ner till bastun på torpet. Han bär smutsiga jeans och en blå t-shirt av märket Puma som mamma flera gånger krävt att han ska kasta i sopen. Den där tröjan smet åt kring hans stora mage på sådant sätt att man kunde se hans navel genom den. Minnet av pappa som sa ”Äsch, den kan man ha här på torpet.”

Jag övningskör med pappa i den blåa 245:an. Jag är arton år och vill ha körkort så fort som möjligt. Då och då skriker pappa ”ÄLG” och då måste jag tvärnita. Men så byter han och skriker ”MJÖLK” och pekar ut över vägen med uppspärrade ögon. Jag tvärnitar och pappa tittar på mig, skrattar och säger: ”Om du ser lite mjölk på vägen så behöver du inte tvärnita.” Minnet av det skrattet.

Vi sitter i en bastu i Gröndal. Pappa har lagt benen i kors, som han brukar göra i bastun. Jag sneglar åt hans håll och upptäcker att hans pung håller på att sprängas mellan låren. Det ser ut så i alla fall. När han lutar sig fram för att hälla vatten över stenarna så spänner det ännu mer. Jag vill inte att pappas pungkulor ska sprängas, men jag vågar inte säga något. Jag tittar bort. Minnet av den skräcken.

Pappa sitter på en stol i köket. Han har ryggstödet mot magen, pannan begravd i stödets överkant och gråter hejdlöst.

”De vill inte ha mig”, säger han mellan de vilda andhämtningarna. Pappa var nypensionerad, men ville fortsätta arbeta på SVT. Samma dag hade han varit på möte med SVT-chefen och fått dåliga besked. Hans tjänster var inte längre önskvärda. Och nu sitter han här och gråter.

Jag och Calle står bredvid honom, handfallna. Oförmögna att göra någonting.

”De vill inte ha mig...” Minnet av den hjälplösheten.

Jag fyller elva år, det är tidig morgon och jag ligger vaken i sängen och väntar. Utanför hörs ljudet av gräddvispar, prassel som uppstår då paket slås in i stor hast och någons hyschande när Calle slamrar för mycket med assietterna som han ställer fram på bordet. Jag hör hur de viskar och väser och till sist uppfattar jag att det hasande ljudet av pappas tofflor mot parkettgolvet kommer närmare. Jag ligger med kaninpuls och sover räv och låtsas vara yrvaken när dörren öppnas. ”Var är min pojke, var är min födelsedagspojk?” säger pappa och leder in mig till köket, där hela familjen står uppradad framför en tårta med gnistrande ljus. Jag öppnar paket och sparar det största till sist. Det är mitt livs första stereo. Dubbla kassettdäck och dynamic bass booster i högtalarsystemet. Minnet av min glädje, men framför allt: minnet av pappas glädje, hans lysande ögon och öppna famn när jag kramar honom.

På något sätt lyckas jag släcka lampan i pappas gamla sovrum och ta mig därifrån.

Jag flyr in i gästrummet som ligger vägg i vägg med köket. Det är svårt att vara här på torpet, men omöjligt att gå in i pappas rum.

Min bror Calle har gett mig några sömntabletter, men jag har ändå svårt att somna. Jag ligger i det rum som en gång var mitt och Calles sovrum. Ett inramat foto alldeles över sängen skingrar tankarna. Det föreställer en gammal man, han har stort svart skägg och grinar som en dåre mot kameran. Mamma sa en gång att han hette Joar, att han var smed och att det var min farfars farfars farfar och jag tyckte det var så fantastiskt att det faktiskt existerade ett foto på honom. Mamma tog aldrig upp det där mer och det var först långt senare som jag förstod att hon bara hade skojat. Det mesta från barndomen är annars bortstädat och nu finns det bara en säng, ett nattygsbord och en lampa i rummet.

Jag har legat sömnlös här många gånger förut, särskilt under tidiga sommarmorgnar. Torpet vaknade oftast i samma turordning. Först pappa och sedan jag. En stund senare Calle i sängen intill mig. Jag väckte honom oftast för att jag var uttråkad. Sedan Niklas och sist mamma. Någon gång hände det att jag vaknade först av alla och jag minns hur jag brukade ligga i den här sängen och vänta på att få höra de dova dunsarna när pappa gick från sitt sovrum och nedför trätrapporna. Långsamma, tunga steg som innebar att det var okej att gå upp. Jag sprang upp för att möta honom. "Hej, min pojke", sa han när han fick syn på mig, och så gjorde vi frukost tillsammans i köket.

En av dessa gånger då jag stod och väntade på honom minns jag särskilt tydligt. Han kom nedför trappan, tittade upp och precis när han såg mig halkade han till. Han hasade ner ett trappsteg och jag kastade mig fram, sprang emot honom för att ta emot honom när han föll. Men pappa högg snabbt tag i räcket och återfick balansen. Han föll inte, det var en olycka som aldrig inträffade. Men jag var redan framme vid honom, tog tag i hans arm och frågade hur det gick. Han log mot mig, klappade mig på kinden och sa: "Det var ingen fara." Men jag minns hur han tittade på mig, lite förundrat, vänligt och samtidigt granskande, som om han tänkte: Du behöver inte oroa dig för mig.

Jag funderade mycket på den där icke-händelsen sedan, tänkte på hur han tappade kontrollen över sin tunga kropp i trappan. En första insikt om att pappa var gammal och att han blev äldre. Att det skulle komma en tid då pappa inte klarade sig själv längre och att vi då skulle bli tvungna att byta roller med varandra, han och jag. Han kommer inte alltid att ta hand om mig. Jag kommer att få ta hand om honom.

Jag vänder på mig än en gång i den smala tältsängen.

Telefonen på torpet ringde, jag och Calle tävlade om att hinna först. Vi sprang från vardagsrummet så att mattorna försvann under våra fötter och vidare ut i hallen där vi passerade mamma i sådan hög fart att hon suckade ”Jesus”, fast med engelskt uttal, ”jee-sass”. Jag hann först till telefonen, lyfte luren i triumf och Calle gick ut i trädgården och surade.

”Sätt på bastun, för nu kommer jag!”

Det var pappa som ringde från familjens nyinförskaffade biltelefon. Den var läckert svart med digital display och riktnumret var 010. Det sprakade som om pappa befann sig i ett annat land, men han hade bara varit på en teaterrepetition med sina amatörskådespelare i Norra Råda och han varskodde oss nu om att det skulle dröja fyrtiofem minuter innan han kom hem. Jag sprang ner för att sätta på bastun och kontrollerade samtidigt att det fanns kall öl i kylen. Calle plockade gräslök i trädgårdslandet som pappa tyckte om att lägga på mozzarellaskivorna. Sedan vandrade jag och Calle upp till vägen för att vänta på honom. Vi tyckte om att möta pappa när han hade varit borta länge. Det hade kommit regn, så vi lekte med vattnet i hjulspåren på den igenvuxna vägen ner mot torpet. Vi skapade dammar här och vattenleder där. Stoppade ner bark i pölarna och låtsades att det var båtar som drev genom farlederna.

Om det var vindstilla kunde vi höra bilar närma sig på över en kilometers avstånd i skogarna. Till slut var vi så skickliga att vi av bara motorljuden i fjärran kunde avgöra om det var pappa eller inte. Det var Calle som uppfattade motorljudet först den här gången. ”Nu kommer pappa”, ropade han och så sprang vi ut i mitten av grusvägen.

Han kom med hög fart och tutade när han såg oss. Sedan svängde han in på den steniga vägen som ledde till torpet och vi rusade efter.

”Hallå pojkar”, sa han när han steg ur bilen med sin svarta arbetsbag i handen. ”Vilken fin välkomstkommitté jag fick.”

Vi sprang fram till honom och han rufsade oss i håret.

”Har ni satt på bastun?”

”Ja. Och jag har plockat gräslök”, sa Calle.

”Vad fint”, sa pappa när vi gemensamt gick mot torpet. Vi hade bara tagit några steg när Calle vände blicken upp mot backen och sa: ”Det kommer en bil till.”

En polisbil blev synlig på krönet. Pappa tittade förbryllat på bilen som parkerade bredvid oss där vi stod vid ladan. Två manliga poliser i femtioårsåldern steg ut. Pappa hälsade och frågade om det var något som inte stod rätt till.

”Vi har fått uppgifter om att du kört lite vingligt på vägarna här”, sa den ene polisen.

”Att jag har kört vingligt?”

”Ja.”

”Vem har sagt att jag kört vingligt?”

”Vi fick ett sånt samtal.”

”Ni fick in ett anonymt tips?”

”Ja.”

”Och så följde ni efter mig från Hagfors?”

”Ja. Vi skulle vilja att du blåste i den här.”

Pappa tittade häpet på polisen och sedan på instrumentet som han höll i sin hand.

”Vad fan menar ni?”

”Kan du vara så vänlig och blåsa i den här”, upprepade polisen.

”Är ni alldeles från vettet?”

”Vi har anledning att tro att du har druckit och då kan vi anmoda dig att blåsa i den här. Och det är det vi gör nu”, sa polisen.

”Vad fan menar ni med det här? Står ni här inför mina barn och tvingar mig att blåsa i en alkoholmätare?”

”Det är precis vad vi gör. Kan du nu vara så vänlig och blåsa.”

”Inför ... mina ... barn!”

Pappas ögon var svarta. Han bet ihop tänderna. Polisen räckte över blåsgrejen.

”Jag skulle uppskatta om du ville blåsa i den här nu.”

”Aldrig.”

Polisen tittade på pappa och bytte sedan en blick med sin kollega, som tog ett steg fram.

”Då har vi rätt att ta dig till stationen. Antingen blåser du här eller så blåser du där. Det är helt och hållet upp till dig.”

Pappa stod tyst. Övervägde sina möjligheter. Tittade ner på oss där vi stod och gömde oss bakom honom, klappade oss på våra huvuden och riktade åter blicken mot poliserna.

”Ge hit”, sa han.

Och så blåste han och lämnade över mätinstrumentet till poliserna. Det skulle ta en stund innan resultatet visade sig på skärmen. Vi stod alla och väntade.

”Era jävla idioter”, väste pappa.

Poliserna svarade inte, de var helt fokuserade på resultatet som snart skulle visa sig. Så pep det till och någon siffra dök upp. Poliserna gjorde en anteckning i ett block, sedan sa den ene:

”Den gav inget utslag. Ledsen att vi störde dig.”

Pappa riktade in sig på den av dem som hade fört samtalet. Han lutade sig mot honom så att de nästan gnuggade sina näsor mot varandra.

”Ni får ett tips från en anonym person om att jag kör vingligt. Ni följer efter mig i er bil i två mil och så ställer ni er här, inför mina barn…”

Pappa tystnade.

”Ni ställer er inför mina barn och tvingar mig att blåsa i den där. Ni är för fan inte riktigt kloka i huvudet.”

Polisen tog ett steg tillbaka.

”Vi har ju en skyldighet att följa upp de tips vi får till stationen…”

Pappa avbröt honom.

”Ge er omedelbart av härifrån. Det här är min tomt ni står på och jag kräver att ni lämnar den. Ta er jävla bil och era blåsgrejer och dra åt helvete. Kommer ni någonsin tillbaka hit så lovar jag er att ni ska få se på fan."

En osäkerhet spreds i polismännens blickar och rörelsemönster.

"Ge er av härifrån nu!"

Pappa pekade med hela handen upp mot backen. Poliserna gick mot bilen och åkte iväg.

"Kom barn", sa pappa och lade varsin hand på våra huvuden och så gick vi mot huset.

"Varför gjorde de så där?" frågade jag.

"De ville ha en skalp", svarade pappa.

"Vad är en skalp?"

"En trofé."

Jag visste inte vad ordet trofé betydde heller, men pappa var inte på humör. Ingen idé att fråga mer just då.

Lite senare på kvällen. Pappa berättade upprört för mamma om polisen. Mamma lyssnade och nickade. Det blev tyst och mamma sänkte rösten.

"Men Allan, du körde kanske vingligt."

"Vad pratar du om?"

"Allan, du är sextiosju år gammal."

"Men, för helvete, vad är det för jävla prat?"

Mamma gjorde en ansats att utveckla, men ångrade sig.

"Jag går och lägger mig", sa pappa.

Midsommarafton, 1987

Pappa hade försvunnit in på sovrummet och stängt dörren bakom sig. När någon strök förbi utanför, ropade han: ”Kom inte in!”

”Vad är det pappa gör där inne”, frågade jag mamma.

”Han byter om”, sa mamma.

”Byter om för vadå?”

Mamma svarade inte.

Efter en stund kom pappa ut. Han gick nedför torpets smala trätrappa med ett högtidligt drag i blicken. På sig hade han en röd träningsoverall med texten Procordia på ryggen. I ena handen bar han en helt ny läderboll och i den andra handen ett artonpack med Coca-Cola-burkar. Han gick ut på gräsplätten framför torpet och vi barn följde nyfiket efter. Han ställde sig bredbent och ropade: ”Lystring, alla barn! Samling nere på fotbollsplanen om två minuter! Alla ska vara ombytta för att kunna sparka ... på den här.” Han höll upp bollen och visade den för alla som om den vore en viktig pokal.

Pappa gick med stolta, långsamma steg ner mot ängen vid sjön där vi året innan hade byggt upp ett mål av träplankor. Så ställde han sig vid ena stolpen, satte ner burkarna och räknade ner tiden genom att allvarsamt titta på sin klocka. "En minut", ropade han upp mot huset. Vi barn rotade vilt i garderoberna för att hitta fotbollsskorna och sprang ut på ängen.

"Kära deltagare! Varmt välkomna till Coca-Cola Cup", sa pappa och tittade på var och en av oss. Mamma hade också letat sig ner till sjön och stod vid sidan om planen och betraktade roat händelserna.

"Det här är en tävling som från och med idag och för all framtid kommer att gå av stapeln, här på torpet, under midsommaraftonens eftermiddag. Den kommer att hållas oavsett yttre omständigheter. Låt snön falla mitt i sommaren – Coca-Cola Cup kommer ändå att spelas. Låt vädermakterna straffa oss med hagel stora som tennisbollar över planen – Coca-Cola Cup kommer att spelas ändå. Låt stormar driva in från sjön och blåsa bort torpet från grunden! Det har ingen betydelse, för Coca-Cola Cup kommer ändå att spelas."

Vi fnissade när pappa stod kvar med näsan i luften i en lång konstpaus.

"Reglerna är enkla. Jag står i mål. Ni skjuter fem straffar vardera. För varje mål ni gör på mig får ni en burk Coca-Cola."

Han höll upp det röda paketet med burkarna.

"Ert pris, de här burkarna, får ni sedan disponera fritt under dagen. Ni kan välja att dricka upp alltsammans omedelbart, men ni kan också välja att spara på drycken till senare på kvällen. Finns det några frågor?" sa pappa och tittade ut över trion.

"Gott. Då återstår det väl bara för mig att säga:

Låt den första Coca-Cola Cup genom historien börja! Lycka till, mina herrar!"

Vi ställde oss vid straffpunkten och genast infann sig en prestige mellan oss tre bröder som skulle bli de här spelens bränsle i många år framöver. Det var oerhört viktigt för alla inblandade att göra bra ifrån sig i den här tävlingen. Pappa spottade sig i händerna, vickade på nacken i sidled några gånger och värmde upp med djupa knäböj, och vi barn knöt våra skosnören så hårt att fötterna domnade.

Jag sköt första skottet och pappa kastade sig spektakulärt och räddade bollen. Det var en häpnadsväckande räddning, så minns jag det. Pappa dök som en tung fantom och fick tag i bollen vid stolproten. Han reste sig långsamt upp, kastade tillbaka bollen ut mot plan och tittade mot mig med en blick som skulle kunna karakteriseras som direkt hånfull. "Var det där allt du hade att komma med", ropade han och skakade föraktfullt på huvudet.

Med nästföljande skott tog jag omedelbar revansch. Pappa gick åt fel håll och jag placerade bollen säkert i gaveln. "FAN", skrek pappa och sparkade till stolpen så att hela målet skakade. Jag sprang fram med armarna utsträckta som ett flygplan i en målgest som jag övat på hela sommaren och mamma applåderade och sa "bravo" från sidlinjen. Så fick jag gå fram till pappa och inkassera mitt första pris. Han tog fram en cola-burk och räckte över den till mig. Han tittade på mig med en ceremoniell men mycket bister uppsyn.

"Väl skjutet", sa han och så skakade vi hand. Som

om vi vore främlingar. Men jag märkte att pappa hade svårt att behålla sin bistra uppsyn, man anade hela tiden ett leende bakom den där allvarliga fasaden. Sedan återgick han till målet, böjde på knäna, gungade med hela kroppen precis på det sätt som de gjorde i teve under Mexiko-VM 1986 och sträckte ut händerna som en fågelskrämma över hela målet. ”Nästa man”, ropade han och Niklas gick fram.

Vi var ganska jämbördiga på det där med straffskjutning. Jag försökte med precision och låga skott nere i hörnen och Calle överraskade med variation. Niklas använde skoningslös kraft. Ett av skotten ven långt över målet och hamnade rakt i svartvinbärsbusken. Mamma mumlade ”å herre gud” och Niklas ropade ”det gick bra” och satte av för att hämta bollen.

Coca-Cola Cup av årgång ett vanns av Niklas. Han fick tre Coca-Cola-burkar och jag och Calle fick två var. Det dokumenterades noga genom en gruppbild som mamma tog på pappa och oss tre barn där vi stolt visade upp Coca-Cola-burkarna.

Coca-Cola Cup var slut och en tradition hade tagit sin början. Pappa tog fram sin kalender i köket och skrev:

Premiär för den årliga Coca-Cola Cup
Niklas: 3 Coca
Alex: 2 Coca
Calle: 2 Coca

Jag går på den igenvuxna stigen mellan torpet och sjön. Jag uppfattar den knappt längre, men jag kan sluta mig till hur den gick genom att följa de pålar som vi satte upp längs stigen någon gång i mitten av nittiotalet. De skulle vara stöd till pappa när han ville ta sig ner till sjön. Pålarna lutar oroligt åt olika håll och är inte längre ett stöd för någon.

Jag passerar på vänster sida den gräsplätt som en gång utgjorde badmintonplanen. På höger sida ligger ängen som var vår fotbollsplan. Sedan är jag framme vid bastun, det lilla huset som dåförtiden var den allra viktigaste byggnaden på jorden. När de byggde ut fiskodlingen ute på sjön för två år sedan råkade en grävskopa gräva av en elkabel och sedan dess har bastun inte fungerat.

Men omklädningsrummet ser ut exakt som det gjorde tidigare. Calles badrock hänger kvar på en krok. Till och med simmärket Baddaren som han en gång stolt fäste på slaget sitter kvar. Raden av torkat björkris i taket är intakt. Det skulle man kunna använda än idag om man ville.

Jag minns när bastun anlände från Hagfors. Det var stor uppståndelse i familjen, ren festivalkänsla. Det var i mitten av åttiotalet. En stor lastbil kom körande nedför den steniga backen. Det var inte ofta det kom bilar hit över huvud taget, så alla barn ställde sig utanför huset för att titta på. På flaket fanns ett litet hus och i det huset fanns en bastu. Pappa hade pratat om leveransen av denna bastu hela veckan och nu stod han i gummistövlar nere vid sjön och dirigerade, vinkade med ena armen och pekade med den andra. Hans finlandssvenska röst var stark, den överröstade till och med lastbilens irriterade rytande när den körde ner ena hjulet i en lerpöl uppe vid ladan.

”Det finns en brunn alldeles framför dig, som man inte upptäcker så lätt. Kör till höger om den”, skrek pappa.

Lastbilen körde rakt över vår fotbollsplan och rev upp djupa sår vid straffläggningspunkten. ”Det där fixar vi sen”, ropade pappa när han såg vår förfäran och gick bort för att dirigera ner huset i jorden. Det var viktigt att bastun hamnade i exakt rätt läge så att man från fönstret där inne kunde se ut över hela sjön. Chauffören ställde ner den, men pappa var inte nöjd, han ville rotera huset ytterligare. Lastbilschauffören lyfte bastun med sin kran och vände den, men åt fel håll och då blev pappa tokig: ”Satans helvetes jävla skit! Andra hållet!” Det är nog rättvist att säga att han var övernitisk i hela det här projektet. Huset for upp och ner och han slutade inte trixa med placeringen, förrän mamma sa: ”Nej, nu får du ge dig, Allan.” Då skickade pappa iväg lastbilen.

Sedan ropade han ner oss till strandlinjen. Han var mycket uppspelt, låtsades att han var mäklare och att vi barn var spekulanter som ville köpa bastun.

”Söderläge”, sa han och gjorde en gest ut mot sjön och vi fnissade åt pappas konstiga försök att tala stockholmska. ”Sol från tidiga morgonen till sena kvällen.” Så gick han ut på bastualtanen och gjorde en gest in mot huset. ”Stig på här bara. Kom, kom.” Och pappa förevisade bastuns faciliteter. ”Äkta ek”, sa han och drämde till med handen mot bastuväggen. ”Och aggregatet direktimporterat från Finland, naturligtvis. De kan ju det där med bastubad, finnarna”, sa pappa, fortfarande på stockholmska.

Pappa tog med mig upp i skogen för att hitta björkris att lägga på stenarna. Han visade mig vilka grenar man fick ta och vilka man inte fick ta. ”Det måste vara ungbjörkar”, sa pappa och trevade med händerna över björkarna. Kände på ett ris, vägde det i handen, hummade och lät det vara. ”Det är först då doften blir som allra ljuvligast”, sa han och fortsatte in i skogen.

Vi premiärbadade i bastun, pappa på högsta bänken där det var varmast och jag längst ner vid aggregatet, där det var svalare.

”Tycker du att det är skönt?” frågade pappa.

”Ja”, svarade jag.

”Det här är det bästa jag vet. I Finland bastar alla. Hela tiden. Sommar som vinter. Här i Sverige har man fått för sig att man bara ska basta när det är kallt ute. Vilka dumheter! Det är under högsommaren som det är som allra bäst att basta, när man kan sitta och titta ut över sjöarna och växtligheten. Och det är bara då man kan få färskt björkris, som man lägger på stenarna och så häller man vatten över och det uppstår en helt fantastisk doft.”

”Kan vi göra det nu?”

”Nej. Inte förrän vi har blivit svettiga.”

”Varför inte det?”

”Det finns några enkla regler kring hur man badar bastu. För det första: man badar alltid naken. Man tramsar inte med badbyxor eller handdukar eller sånt. För det andra, man dricker ingen alkohol i bastun. När man är klar med bastubadandet kan man ta sig en öl och kanske till och med en snaps, men aldrig i själva bastun. För det tredje, att bada bastu är ingen tävling. Man går ut när man tycker att det är för varmt och kommer tillbaka när man svalkat av sig, men bara om man själv vill det. Man ska aldrig känna sig tvingad att sitta i en bastu. För det fjärde, man kastar inte vatten på stenarna förrän man börjat svettas. När man häller vatten på stenarna så sänks temperaturen. Det känns som att den höjs, men det gör den inte. Och när temperaturen sänks så svettas man inte och man måste svettas, för då öppnar sig porerna på kroppen och det är då man blir så ren.”

Sedan satt vi tysta. Pappa tittade ut över sjön, belåten med placeringen av bastun, trots allt. Utsikten sträckte sig ända från dammen i väster, via den lilla laxodlingen hundra meter bort, ut över hela den vidsträckta sjön, bortom öarna och ända till de blånande bergen långt där borta.

”Hur är det med tjejerna då?” frågade pappa.

Jag tittade upp på pappa. Han såg allvarligt på mig.

”Jag vet inte. Det är väl bra”, svarade jag.

”För du vet, det är viktigt att man är försiktig. Att man går varsamt fram. Man behöver inte ligga med första bästa tjej. Det är helt okej att det där tar lite tid. Det kommer du inte att ångra sen.”

Jag blickade ner i golvet.

”Du kan alltid komma till mig om det är något du undrar över”, sa pappa.

”Okej”, svarade jag.

Jag förstod inte ett ord av vad han pratade om. Jag var tolv år gammal och hade inte ens hår på snoppen. Jag kände inte ens till begreppet utlösning. Jag hade aldrig haft en flickvän.

”Det är det bastubad är till för. Man pratar om sådana här saker.”

Det var ett samtal pappa valde att ta tre år för tidigt. Men jag tänkte på hans ord länge efteråt. De skänkte mig många spännande, mystiska löften om en tid som komma skulle. Framför allt satte han en nivå som vi aldrig skulle släppa, jag och pappa. Det var i bastun vi hade våra viktigaste och vackraste samtal under de följande åren.

”Nu svettas jag!”

”Jag också. Då kan vi kasta vatten.”

Pappa placerade björkriset som en matta över stenarna och hällde varsamt över en skopa vatten. Ljudet påminde om sidfläsk i en het panna. Ångorna steg mot trätaket.

”Känner du”, sa pappa och suckade djupt. ”Känner du doften från skogarna.”

Jag öppnar dörren till bastun. En spindel har byggt en elegant väv över stenarna på aggregatet. Vilket mod. Björklöv på golvet och kåda på väggarna. Minnet av pappa som sa att kåda innebär att ”trädet gråter”.

Våra sittplattor ligger kvar. Min bruna och pappas gröna. Jag ser att min ligger på översta bänken där det var varmast och pappas nere vid aggregatet, där det var svalare.

Jag går bort till den svarta strömbrytaren på träväggen. Jag slår på bastun och står alldeles stilla och lyssnar. Jag väntar på att aggregatet ska börja kurra och spinna. Men det sker så klart inte.

Det är andra dygnet på torpet och det har blivit kväll. Jag har skrotat runt i de här miljöerna hela dagen utan att veta vad jag är på jakt efter. I förmiddags tog jag en promenad ner till dammen. Följde vattenledningen längs ån till vattenverket som inte längre är i bruk. Sedan vände jag tillbaka. Jag tittade till vår gamla lada, full av damm och underlig djurspillning på pingisbordet. OKEJ-affischerna hängde kvar på väggarna, nu räfflade av fukt. En bild på krusigt svarthåriga Diana från teveserien V. En bild på Madonna som barbröstad klappar en liten katt.

Jag har utforskat torpet försiktigt, försökt att vara varsam med mig själv. Skrattat åt vissa minnen, som Calles inristning av meningen ”Calle bajjade här” på utedasset intill ladan. Andra har varit svårare att återvända till. Några dörrar har jag öppnat, och sedan snabbt stängt igen.

Nu sitter jag på en stol i köket och tittar i de djupa kökslådorna. I en av dem hittar jag en gammal Värmlands Folkblad som noga placerats i en mapp som lagts i ett kuvert. Jag undrar vad denna varsamhet med just detta exemplar kan komma sig av och förstår först på sidan sju vad det handlar om. Rubriken över uppslaget lyder: ”Mina barn håller mig ung”. Intervjun med pappa är illustrerad med ett foto på honom som är taget utanför ladan här på torpet. Det är en underlig bild. Pappa står och kastar hönsfoder, men några höns syns inte till. Bara en äldre man som kastar foder mot ett buskage. Bilden har tagits precis när pappa är i ”o”-ljudet av ordet ”pot”, vilket gör att han ser lite efterbliven ut. Det ser mycket egendomligt ut. Jag minns den där intervjun. Den var också egendomlig.

Jag satt med under hela intervjun. Det gjorde jag alltid när det kom folk från tidningar och intervjuade pappa. Jag hade tagit på mig en AIK-tröja i händelse av att fotografen skulle vilja ha med mig på bild. Det ville de ofta. Det är klart att de ville höra pappa berätta om sitt långa liv i tevebranschen, men det var åldersskillnaden som var det verkligt intressanta. Jag var tio år och hade en pappa som var nästan sjuttio.

Pappa och den kvinnliga reportern drack kaffe och åt Ballerinakex. Pappa rörde i koppen och tittade hela tiden ner i bordet när han pratade. ”Det känns som att få en ny chans i livet”, sa han. Så brukade han alltid säga när tidningsreportrar frågade hur det kändes att bilda en andra familj så sent i livet. Som en andra chans. Varje gång han sa så gjorde det mig dyster. Jag fick bilden av att pappa hade misslyckats en gång i livet och nu gjorde ett andra försök. Att jag och mina bröder var en del av någon sorts experiment som vi ännu inte fått veta utgången av.

”Mina barn är ju allt för mig. På ett sätt är jag glad att jag är pensionär. Det gör att jag har mycket tid för barnen och det finns inga andra människor som får mig att känna mig lika ung som de”, sa pappa till den kvinnliga reportern som nickade och log och gjorde små nedslag i anteckningsblocket som låg på bordet.

I taket i köket satt en lysrörslampa. På något sätt hade flugor letat sig in där. När de inte hade hittat vägen ut därifrån hade de insett sakernas tillstånd och lagt sig på rygg för att dö. När man tände lampan kunde man se flugliken avteckna sig mot plasthöljet. Jag och Niklas kallade lampan för flugkyrkogården. Jag räknade de döda flugorna, kom av mig eftersom det rörde sig om ganska många, och fick börja om. Jag tog fram min VM-bok och gjorde några anteckningar i den. Mexiko-VM gick på teven den sommaren och jag och Calle parallellspelade varenda match och skapade vårt eget VM-slutspel. Vi valde ett lag vardera från dagens matcher och så spelade vi nere på gräsmattan. Vi hade tidigare under dagen spelat en klassisk kvartsfinal mellan Frankrike och Brasilien. Calle var Brasilien och jag var Frankrike och jag var dessutom live-kommentatorn som jublade hänfört åt mina egna finter. ”Å, hur gjorde han det där”, skrek jag när jag rundade Calle. Sedan dribblade jag bollen framåt, skrek ”han är helt ren”, sköt bollen i mål och ropade ut över sjön: ”Vilket fantastiskt mål han gör ändå, detta underbarn Platini.” Jag fyllde i resultatet: Frankrike–Brasilien: 3–2, i den lilla VM-boken och skrev ett kortare referat av matchbilden och diskuterade sedan den kommande semifinalen mellan Frankrike och Italien.

Samtalet mellan pappa och den kvinnliga reportern fortsatte efter tryggt gammalt mönster. Han berättade om livet på landet, hur avkopplande han fann enskildheten. ”Du vet, vi har ju närmsta granne två mil bort”, sa pappa och log och det gjorde reportern också samtidigt som hon antecknade ”2 mil” i sitt block. ”Och vi har ju djur här på gården. Barnen har kaniner och vi har tre höns som varje morgon ger oss färska ägg.” Reportern tittade upp. ”Har ni höns?” Genast fick hon en idé. Man såg det i hennes ögon och på hennes kroppsspråk. Hon började att tänka i bilder. Fem minuter senare stod pappa med kycklingfoder och ropade ”pot-pot-pot-pot” utanför ladan och kvinnan tog bilder som om det var en månlandning hon bevittnade. Meningen var att pappa skulle locka in hönsen i ladan med sitt foder, men operationen gjorde hönsen mycket förvirrade. De brukade inte bli inföste i ladan förrän vid solnedgången. Så de struntade i pappa.

Pappa och reportern gick sedan till bastun nere vid sjön och pappa visade hur man binder ris på finländskt sätt och hur man piskar sin bastukamrat på ryggen. ”Man ska inte piska hårt. Det ska inte göra ont. Men det får inte heller bli för mjäkigt. Det ska vara vänligt, men bestämt, brukar jag säga.” Reportern tyckte det hela var mycket intressant och så övade de mot varandras påklädda ryggar. ”Så här?” undrade reportern och daskade pappa med ett knippe björkris som han gjort i ordning. ”Nja, lite hårdare kan du nog piska”, sa pappa och sedan skrattade de.

De satte sig på verandan utanför bastun och jag stod några meter bredvid och började gräva upp ett hål. På flera strategiska platser runt bastun hade jag och Calle grävt ner tidskapslar, små burkar fyllda av information om oss människor så att utomjordingarna om flera miljoner år kunde få en bild av vad det var för typer som bodde här för väldigt länge sedan. Vi hade ritat upp den mänskliga anatomin i form av en streckgubbe och markerat med pilar de viktigaste kroppsdelarna på oss människor. Vi hade lagt ner en femkrona för att ge en bild av vilken valuta vi använde oss av. Vi hade skrivit ett litet brev med den viktigaste informationen. Att vi hade en kung och en drottning som hette Carl Gustaf och Silvia och att de bodde i ett slott i Stockholm. Att AIK:s bästa forward hette Sanny Åslund. Och vi berättade i stora drag om Palmemordet och vilken sorg det var för det svenska folket. Vi hade också lagt ner ett blandband med låtar så att de kunde ta del av vår musiksmak. Mest KISS, men också en del Twisted Sisters, AC/DC och WASP. Allt detta hade vi noga plastat in, för pappa hade varnat för att marken skulle bli blöt och att de där grejerna kanske skulle förstöras av fukt om vi inte skyddade dem noga. Jag behövde bara ta några spadtag för att hitta den kapsel vi gömde i jorden för några dagar sedan. Så öppnade jag plasten och tog försiktigt ut femkronan. Vi skulle till affären senare på dagen och jag var sugen på en Piggelin. Men det var bara ett lån, jag skulle lägga tillbaka den där femman vid tillfälle. Ingen idé att berätta något om det där för Calle.

Pappa satt och tittade ut över sjön med den kvinnliga reportern tätt vid sin sida. ”Jag är så tacksam för min familj”, sa pappa. ”Att så sent in i livet kunna sitta här med en ny familj och ett nytt liv … Det är …”

Rösten var plötsligt svagare än förr och jag reagerade på det och tittade upp. Jag såg hur hans underläpp darrade till och så började pappa gråta. Han grät och hulkade och tittade ner i backen och skakade på huvudet. Sedan försökte han säga något, men klarade inte av det och föll åter i gråt. Reportern blev mycket förvirrad. Visste inte riktigt vad hon skulle ta sig till. Hon satt där och var alldeles tyst och tittade ner och pappa bara grät och skakade på huvudet.

Jag gick fram till pappa och kramade honom bakifrån. Han lade en hand på min arm och klappade. Sedan tog hela hans själ sats och han slutade gråta.

"Äsch, det var ju dumt", sa pappa.

"Nej, nej... Det var... Man måste..."

Den kvinnliga reportern hittade inte orden.

Jag stoppar tillbaka tidningen i sin mapp och placerar mappen i kuvertet och lägger alltsammans på samma ställe som jag fann det. Jag överväger att göra en kvällsmacka, men struntar i det. Jag är trött efter sömnlösheten natten innan och vill verkligen passa på att somna när tröttheten väl slagit till. Pappas sovrum väntar där uppe. Men jag gör inte ens ett försök att gå upp för trappan.

Mamma och pappa spelade badminton. Ett nät var uppsatt mellan två björkar och pappa hade satt ner pinnar som markerade baslinjer och sidlinjer. Mamma och pappa spelade intensivt och med stor prestige. Pappa var trettiotre år äldre än mamma, men på badmintonplanen märktes ingen åldersskillnad. Pappa var vig för sin ålder och hade god kondition.

Jag tyckte om att se mamma och pappa spela tillsammans. Njöt av deras kärleksfulla gnabbande. Mamma när pappa missade en smash: ”Får du bara till riktningen på de där slagen så kommer det att bli riktigt bra, ska du se.” Pappa när mamma inte hann upp en kort boll: ”Deppa inte nu – nästa gång tar du den!” Det glimtade till i bådas ögon, jag upptäckte det och älskade det.

Själv var jag domare, jag satt koncentrerad vid sidlinjen och följde varje boll. Jag levererade domsluten på engelska. ”OUT”, skrek jag när bollen hamnade i buskaget och så satte jag av för att hämta den.

Efter matchen sprang mamma och pappa ner till sjön för ett kvällsdopp. Pappa inväntade mig vid vattenbrynet och pekade ut de vassa stenarna som jag skulle akta mig för och dirigerade min rutt ner i vattnet.

”Finns det fisk här vid stranden?” frågade jag.

”Ja då. Men de är så små och rädda för dig, så de försvinner när de ser dig komma.”

Jag stapplade ut på den ojämna stenbotten med armarna utsträckta.

”Alla utom gammelgäddan, förstås.”

Jag tittade upp mot pappa. Försökte hitta glimten. Men han tittade på mig med stort allvar.

”Gammelgäddan är mycket förtjust i små barn. Häromåret åt den upp benet på Jonssons grabb.”

”Sluta nu, Allan! Han kommer aldrig att våga bada igen”, ropade mamma som hunnit lite längre ut.

Pappa lyfte upp mig över sitt huvud med sina ofattbart starka armar och placerade mig på sina axlar.

”Här kommer inte gammelgäddan åt dig. Här är du helt och hållet trygg”, ropade han. Han vadade ut mot mamma, men så vacklade han plötsligt till och skrek så att det ekade över sjön:

”Aj! Helvete, vad fan var det där!”

Pappa vacklade till ännu en gång och plötsligt stod han på knä.

”Aj! Vad i helvete är det som pågår? Lisette, kom och hjälp mig, herregud, det är någon fisk som hugger mot mina ben!”

Mamma log där ute och jag skrek ”sluta, sluta” och pappa tog två stora språng mot det djupare vattnet och kastade sig tillsammans med mig ut i vattnet. Jag vet inte exakt hur det gick till, men på något sätt träffade vi mamma när vi kom flygande. Kanske med en hand eller ett ben eller så. Och plötsligt förändrades allt.

”Aj, det där gjorde ont! Så jävla onödigt”, skrek mamma. Mycket förargat.

”Förlåt”, sa pappa.

”Helt idiotiskt”, sa mamma.

Hon gick upp mot stranden, passerade pappas utsträcka hand utan att vidröra den och gav sig av upp mot torpet.

”Det förstår du väl att det inte var med flit”, ropade pappa.

”Det är ju fan att du alltid ska förstöra allting”, ropade mamma utan att vända sig om.

”Helvete! Det är ju fan att DU alltid ska förstöra allting”, skrek pappa tillbaka.

Tvära kast. På ett ögonblick hade kvällen fått oroliga drag. Pappa tittade ner på mig där jag stod naken med handduken som en mantel över ryggen.

”Jag tror att det är dags för dig att gå och lägga dig nu. Klockan är mycket.”

Jag hjälpte till att bära upp den oöppnade ölen och de oätna rädisorna och de aldrig uppackade korvarna som vi hade tagit med oss. Det skulle inte bli någon kvällssupé nere vid bastun med myggor och kvällssol över vattnet. Jag älskade de stunderna. De långa tystnaderna mellan de korta ordbytena. Pappa som sa ”titta vad vackert” och pekade över sjön, sedan tystnaden, och till sist mamma som svarade ”otroligt”. En fisk som slog i den spegelblanka sjön och pappa som exalterat vände sig mot mig och sa: ”Såg du den bjässen?”

Det skulle inte bli den avslutning på kvällen som jag ville.

Jag borstade tänderna på torpets lilla toalett och från övervåningen, genom många väggar, hörde jag mamma och pappa skrika åt varandra. Alltid med samma dramaturgi – pappa som försökte lugna mamma och mamma som fortsatte att skrika ända tills pappa fick nog och vrålade ”FAN OCKSÅ”, vilket gjorde att mamma tystnade, men bara för en stund. Snart satte hon fart igen och pappa försökte lugna henne. Och så efter några minuter ”FAN OCKSÅ” ännu en gång. Ibland tystnade de och bråket var över och andra gånger, som denna, öppnade någon en dörr, gick ut och smällde igen den efter sig.

Jag smög ut till pappa i köket en stund senare. Han drack en öl och lade patiens i mörkret.

”Ska vi spela kort eller något?” frågade jag.

Pappa tittade upp, hans blick var mörk.

”Gå och lägg dig.”

När öppnade någon torpets toalettskåp senast? Det måste varit femton år sedan. Här finns alla barndomens medel, salvor och krämer bevarade i daterade behållare. Salubrin mot myggbett, koltabletter mot dålig mage, Niveakräm om man brände sig i solen, femton år gamla tandkrämstuber med sedan länge skrotade logotyper. Jag hittar pappas kam, som man fick låna bara man lade tillbaka den. Och längst bak tre rosafärgade hårsprayburkar som mamma piffade till sig med när vi skulle åka till Hagfors för att äta på restaurang. Ibland hände det att vi höll en tändare framför de där sprayburkarna och eldade upp myror. På handfatet ligger en torkad tvål som räfflat sig och blivit ett med handfatet. Bredvid den pappas röda medicinask. Den där asken var pappas följeslagare så länge jag kan minnas.

Pappa trillade piller genom hela min barndom. Det var gula piller, vita piller, stora piller och små piller. Det var vitaminer, blodförtunnande medel, blodsockertillskott, värkpiller och sömnpiller. För att hålla ordning på vilka piller som skulle tas vilka dagar hade han den här asken. Den hade ett pillerfack för varje dag. De sista åren var asken förknippad med oroskänslor. Jag minns hur han kunde sitta vid sin säng och under stor koncentration lägga i måndagspillren i måndagsfacket och tisdagspillren i tisdagsfacket. Jag stod tyst vid dörrkarmen och kontrollerade att han lade rätt piller i rätt fack. Och när han var färdig och allt såg ut att stämma, smög jag därifrån. Asken var förenad med stark ångest över att pappa skulle överdosera eller underdosera, att han skulle bli dålig och kanske dö.

Men jag minns också asken från tidig barndom, då den inte var förknippad med oro utan den djupaste fascination. Jag satt i köket på torpet och pappa kom ner och ställde sig vid diskbänken för att ta sina piller. Han tog fram den röda asken och jag tittade storögt på konsumtionen av hemliga mediciner. Mest fascinerande av det han stoppade i sig var brustabletten. Den imponerade på mig, den där tabletten. Det såg ut som om den förvandlade vanligt vatten till en bubblande läskedryck. Jag ställde mig alltid och tittade på hur det bubblade och sprakade, när det lugnat ner sig en smula där i glaset satte pappa i sig alltihopa, sedan torkade han sig om munnen och gick till arbetsrummet. Jag var övertygad om att det var en mycket stark och farlig medicin i det där bruset. En dag tog nyfikenheten överhanden och jag tog mod till mig och drack det som fanns kvar i pappas glas när han hade lämnat köket. Det rörde sig ju bara om några droppar. Inget farligt. Det smakade mycket gott och mycket förbjudet. Jag berättade inte för någon om det, inte ens för Calle. Efterhand blev det en sorts tradition. Varje förmiddag vid elva sökte jag mig till köket. Pappa donade med pillren och satte i sig glaset med brus och när han lämnat köket tassade jag fram och drack upp vad som fanns kvar.

Så där höll det på, i flera veckor som jag minns det. Men en dag kom pappa på mig. Kanske hade han noterat att jag uppförde mig underligt där i köket, för en gång dröjde han kvar bakom köksdörren. När jag smög mig fram för att dricka de förbjudna dropparna hörde jag en röst.

”Vad gör du för något, älskling?”

Jag fylldes av vettlös skam och blev mycket rädd. Jag stod svarslös, stammade, fick inte fram ett ord. Jag var övertygad om att jag hade gjort ett allvarligt fel och att jag skulle få höra det.

”Vill du inte ha ett eget glas av det där?”

Jag sa ingenting, fortfarande paralyserad av skräck, men pappa öppnade en låda, tog fram en ask och gjorde i ordning den farliga brygden.

”Det är väldigt nyttigt med C-vitamin. Det här borde du dricka varje dag”, sa han.

Så hade vi en ny vana, jag och pappa. Jag fick ett eget glas av denna fantastiska brustablett, fylld av C-vitamin. Vi drack tillsammans, torkade oss om munnen och så gick dagen vidare.

Jag betraktar asken, väger den i handen. Kantstött av många fall och utnött i den röda plasten efter att ha blivit använd varje dag i trettio år. Den gjorde sitt jobb, den där asken. Jag stoppar den på mig. En dag, när jag blir gammal, ska jag hålla ordning på mina piller med hjälp av den.

Regn på torpet och hela familjen höll sig inomhus den här förmiddagen. Pappa satt vid fönstret i köket och tittade ut över gråheten. Sökte i himlen efter ljusningar eller sprickor i molntäcket. Han var bedrövad. Regn hade den effekten på pappa. Det var som om han gjorde en paus i livet när det regnade. Satte sig ner på en stol och väntade på att det skulle gå över. Han trummade dystert med fingrarna på bordsskivan, tittade ner och sedan ut, konstaterade att det inte fanns en ansats till solsken någonstans och mumlade för sig själv: "Det var ju fan, det här." Då och då lufsade han ut till regnmätaren vid jordkällaren och återvände till köket med information som egentligen bara intresserade honom.

"Sju millimeter regn. På bara två timmar."

"Oj då", sa mamma.

Pappa antecknade siffran i ett block, strök under några gånger med bläckpennan och blickade åter ut genom fönstret.

Mamma stod och såg ut över ett magnifikt pussel som halvfärdigt bredde ut sig över köksbordet. Hon var frånvarande och totalfokuserad på samma gång, tog upp en pusselbit, studerade den noga och lade tillbaka den på bordet. Calle stod bredvid, ville hjälpa till, försökte trycka ner en av bitarna i en lucka.

”Inte med våld”, sa mamma och tog pusselbiten ifrån honom. Calle lät sig inte nedslås. Han stod kvar och försökte hitta nya möjligheter som mamma inte upptäckt. Mamma var oerhört skicklig på pussel. Hon kunde stå i flera timmar, framåtböjd med en cigarett i mungipan och kaffekopp i handen och iaktta bitarna. Varje gång hon hittade rätt sa hon belåtet ”titta” för sig själv. Det var en ljudkuliss som jag fann mycket trygg. Jag ville vara nära mamma när hon lade sina pussel.

En gång lade hon ett pussel vars motiv var en fullständigt molnfri himmel. Tusen bitar i svagt skiftande nyanser av blått. Mamma karakteriserade det som ”djävulusiskt svårt” och jag förstod ungefär vad hon menade. Hon klarade det på mindre än en dag. Det var som trolleri att se hur hennes snabba fingrar rörde sig mellan pusselbitarna och hur himlen bildades framför våra ögon.

”Vi dukar väl inne”, sa pappa.

”Ja, vi gör väl det”, sa mamma frånvarande.

”Det ser inte ut att ljusna, det här inte.”

”Nej, det ser inte ut så.”

Mamma drack ur sin kaffekopp utan att släppa bordet med blicken. Så gjorde hon ett snabbt nedslag, plockade upp en bit och tryckte till den i en lucka.

”Titta”, sa hon och såg mycket munter ut, sedan vände hon sig mot köket och ropade:

”Nej, ungar, nu sätter vi fart!”

Efter en timme var allt uppdukat för lunch, en gryta kokade på spisen och nu väntade vi bara på Lasse Holmqvist och Lennart Hyland. De hade varit på gemensamt jobb i södra Sverige och bestämt sig för att hälsa på under hemvägen till Stockholm.

Hyland var Niklas gudfar och Lasse var min. Som gudfäder betraktade var de osynliga, men när de kom på besök såg de alltid till att ha med sig presenter till oss. Alltid samma sak. Hyland kom med en stor, fin present till Niklas och Holmqvist gav mig något obetydligt. Jag hade lärt mig det här, men blev ändå besviken när Holmqvist gav mig en liten leksaksbil samtidigt som jag såg Hyland komma med ett paket som var så stort att han knappt kunde bära det. Niklas slet upp pappret och skrek förtjust när han såg vad det var: JOFA-hockeyspelet, det nya där en spelare kunde åka bakom målet. Niklas sprang till sitt rum för att montera upp det och jag stod kvar i hallen med min bil. Sedan försvann intresset för oss barn, både hos gästerna och hos mamma och pappa.

Vi fick sitta med och äta vid bordet så länge vi var tysta och inte avbröt någon när denne var mitt uppe i en berättelse. Vilda anekdoter vandrade bullersamt fram och tillbaka längs bordet. Mamma och pappa var mycket skickliga anekdotleverantörer. De berättade sina historier dramaturgiskt genomtänkt, med stor precision och väl inplanerade pauseringar för skratt. De hade övat länge på de här berättelserna. Hur många gånger tidigare hade vi inte suttit där vid bordsändan i tystnad och lyssnat på dem? Nya gäster, nya sammanhang, men samma berättelser. Gästerna kiknade, men vi barn himlade lite diskret med ögonen och knuffade varandra i sidorna. Med åren lärde vi oss dem utantill, memorerade och berättade dem för varandra när vi skulle gå och lägga oss. Som pappas historia om när han bodde i Hässelby och kom hem på fyllan och råkade gå in i grannen Pekka Langers hus istället för sitt eget. Han gick raka vägen till kylskåpet och hittade där en fläskkarré, som han stoppade i sig på stående fot. Pekka låg och sov, men hörde att det stökades i köket och smög ner för att jaga bort en möjlig inkräktare. ”Vad fan gör du här?” sa Pekka häpet när han såg pappa stå bredbent med flottiga fingrar vid kylskåpet. Pappa var lika häpen över att Pekka Langer smugit sig in i hans kök. ”Vad fan gör DU här?” Och där – gästerna brister ut i gapskratt och mamma säger ”skål, hoppas maten smakade bra” och klirr i glasen och fullständig tystnad under intaget och så börjar sorlet igen.

Eller när det brann här på torpet. Blixten slog ner i ett av uthusen och efter en timme var hela huset försvunnet. En polis kom efter någon dag och gjorde en förteckning över värdefulla saker som hade förstörts. Den här polisen var ju värmländsk och kanske inte alldeles aristokratisk. Mamma redogjorde för honom att det i huset bland annat fanns ”en gustaviansk sekretär”. När hon i efterhand fick en kopia på protokollet läste hon i listan: ”En Gustaf Jans sekretär”. Mamma berättade alltid historien på samma sätt – med lång paus mellan ”Gustaf” och ”Jans” för att verkligen betona på vilket sätt polismannen hade tagit miste och det följdes alltid av det allra muntraste skratt.

Efter en timme vid bordet hittade vi barn någon välfunnen paus i de vuxnas prat och flikade in: ”Får vi gå ifrån bordet?" och mamma och pappa log mot oss och nickade. Vi steg upp och gjorde som vi blivit lärda. Fram till mamma, ta i hand, bocka och säga: "Tack för maten." Sedan samma sak med pappa. Vi satte av mot fotbollsplanen och kvar satt pappa och mamma med ett sällskap som var alldeles förtjusta över hur väluppfostrade vi var.

Några timmar senare. Gästerna hade åkt vidare någonstans och mamma hade struntat i disken för att kunna ta en "siesta". Mamma och pappa kallade sin eftermiddagstupplur om helgerna så. För oss barn utgjorde den en två timmar lång transportsträcka mellan måltiden och stunden då hela familjen samlades vid teven. Klockan halv sju hade vi barn tillstånd att väcka mamma och pappa. Jag sprang till pappas rum, öppnade dörren och där låg pappa och mamma i pappas smala nittiosäng. De låg sked och tittade upp mot mig med skeva nackar.

"Hej, älskling", sa pappa.

"Vad gör ni?"

"Vi vänslas lite", sa pappa och mamma fnittrade.

Jag hade ingen klar idé om vad vänsla kunde betyda.

"Jag ville bara väcka er. Klockan är halv sju."

Sedan kunde jag inte komma på något mer att säga. Jag var omtumlad och förvirrad. Det var första gången som jag såg mamma och pappa intima med varandra. Så länge jag kunde minnas hade de sovit i skilda sovrum. En gång frågade jag varför. Mamma blev lite konstig och svarade att det berodde på en massa olika saker. Dels snarkade pappa så förfärligt, dels arbetade mamma och pappa under så olika tider att de riskerade att väcka varandra om de sov i samma rum. Jag tyckte att det lät underligt, men tog aldrig upp saken igen. Jag fann mig i att mammas och pappas förhållande inte riktigt liknade dem som jag sett hos kompisar. Hemma i stan hade jag en vän som hette Kenneth – hans föräldrar brukade stå och hångla med varandra i köket när jag var där och hälsade på. De fnittrade och kramades och busade med varandra på ett sätt som jag tyckte var spektakulärt. Min mamma och pappa brukade ofta säga puss till varandra, men jag såg dem aldrig pussas. När mamma kom hem från jobbet gav pappa henne en puss på kinden, sedan slog de sig ner för att dricka en öl och tala om dagen.

Pappa sa ofta ”jag älskar dig” till mamma och mamma svarade oftast ”puss” och pappa nöjde sig med det. Jag tyckte att det var märkligt och lite oroväckande att mamma nästan aldrig sa ”jag älskar dig” tillbaka. Men det var sådant jag valde att inte tänka på. Jag var uppmärksam på kärleken mellan mamma och pappa när den väl visade sig. I snabba, kärleksfulla ögonkast som de utbytte när de trodde att ingen såg. Eller vid middagar när mamma skröt om något som pappa hade sagt eller gjort inför gäster och pappa tittade generat-lyckligt ner i bordet. Eller när de höll handen. Det hände inte ofta, men det hände.

Jag minns en av våra återkommande lördagskvällar, när vi alla satt samlade framför teven. Jag vände mig snabbt mot pappa för att säga något, men hindrade mig när jag såg att de höll varandra i handen. De tittade inte på teven, de tittade på varandra! Jag ville så gärna se på dem, men jag ville inte störa. Jag ville inte att ögonblicket skulle försvinna.

Och nu låg de alltså där, ofattbart nära varandra och tittade på mig. En fnissig stämning uppstod.

”Mamma och pappa myser lite, bara”, sa pappa.

Jag nickade, vände om och gick ut.

Några dagar senare. Pappa och mamma läste kvällstidningarna i köket. Jag frågade dem om jag skulle få ett till syskon. Mamma skrattade till och svarade: ”Din pappa är sextioåtta år gammal.”

Jag minns att jag fann svaret förvirrande.

Det är den tredje dagen på torpet och ikväll har jag bestämt mig för att sova i pappas sovrum. Tältsängen är obekväm, så smal att det är farligt att vända sig i den. Men framför allt: jag finner det löjligt att jag inte skulle kunna sova i pappas gamla sovrum. Jag rafsar ihop mina kläder i mitt gamla barnrum där jag sovit de senaste två dagarna, bäddar ur sängen, men när jag får syn på ett mönster i taket drar jag mig plötsligt till minnes något som jag glömt.

Jag låg i just den här sängen. I sängen bredvid låg Calle. Det var tidig morgon, det syntes på hur solen låg mot björkarna utanför fönstret. Det var alldeles för tidigt för att gå upp.

Bara en tunn plywoodskiva, lite gips och blårandig tapet skilde oss från köket. Jag hörde snart hur pappa smög in där med försiktiga men tunga steg. Han ville inte väcka mamma. Pappa öppnade kylskåpsdörren och stod tyst en stund, som om han betraktade möjligheterna, komponerade sin frukost i huvudet utifrån vad han såg där inne. Så började han plocka fram livsmedel. Snart hörde jag det välbekanta ljudet när pappa kapade av den översta fjärdedelen av ett dallrande löskokt ägg och hur han sedan knackade med undersidan av skeden i tallriken för att fånga upp lite salt. Han åt i tystnad, dröjde vid någon artikel i

Värmlands Folkblad och bläddrade sedan vidare. Det var en helt vanlig morgon på torpet.

Jag hörde mamma redan i trappan på väg ner från sovrummet. Hon gick barfota, med hälarna först mot trägolvet. Någonstans i huset skallrade två glas mot varandra.

”God morgon.”

”God morgon.”

Mamma gick bort till kaffebryggaren och hällde upp en kopp. Hon tryckte bestämt ner två brödskivor i rosten och väntade in dem på plats. Jag kunde höra pappas och mammas andetag. Långa tystnader.

”Det kom åtta millimeter regn i natt”, sa pappa.

”Jaså”, sa mamma.

”Vaknade du inte av regnet?”

”Nej.”

”Det var ett riktigt oväder. ”

Och så tystnad. Han fortsatte.

”Men det försvann snabbt.”

Mamma bredde sin macka och lade på pålägg och satte sig vid bordet. Pappa drack lite kaffe. Mamma tog en tugga.

”Jaha”, sa mamma.

”Jaa”, sa pappa.

”Ska vi försöka komma överens om det här nu då.”

Så började de diskutera praktiska frågor rörande deras skilsmässa. De var inte upprörda. Ingen skrek eller höjde rösten. De talade sansat och lågmält med varandra, som om de satt tillsammans med ett knivigt korsord. Tonen skvallrade om att de hårda orden, anklagelserna och utfallen var förbi. Mamma och pappa hade redan gett upp. Nu återstod bara det rent praktiska.

Det här var ett samtal som inte var ämnat för mina öron. Det var ett samtal som ingen son eller dotter skulle ha behövt lyssna på. Men det var omöjligt att låta bli. Jag kontrollerade att Calle fortfarande sov och tittade sedan skräckstel upp i taket på sprickorna som vandrade från ett hörn till ett annat. De där sprickorna bildades när det var vattenskador på torpet några år tidigare. Det hade gått ett rör. Jag förstod verkligen inte vad det betydde, att det hade "gått ett rör". Jag hörde den meningen väldigt många gånger den sommaren när pappa telefonerade till fixare som han hade i sin telefonbok, men begrep aldrig riktigt vad det faktiskt innebar. Men när röret gick skapades spännande formationer och fläckar i taket. Jag tittade på dem och i rummet intill delade mamma och pappa upp familjen. Pappa tar den pojken och mamma tar den pojken. Och vem tar den tredje? Vill du ha honom? Vi kan dela. Varannan vecka blir väl okej.

Mamma och pappa var som två segrande fältherrar som delade upp territorier efter ett krig. De var Churchill och Stalin vid Jaltakonferensen.

Samtalet var tio minuter långt. De hade nått en uppgörelse. Detaljer återstod och de skulle tala mer sedan, men de grundläggande dragen var klara. Pappa sa att han måste åka och handla.

"Vill du ha något?"

"Ja, köp cigaretter."

Jag hörde hur pappa stängde dörren efter sig.

Mamma satt kvar. Hon började läsa tidningen som pappa just lagt ifrån sig och hela mitt rum sprakade varje gång hon vände sida.

Jag låg kvar och tittade i taket, på sprickorna och fuktskadorna.

Det måste ha varit för över tjugofem år sedan och inte en enda gång har jag funderat över det där samtalet. Det är först nu jag inser att det över huvud taget ägt rum. Jag försöker minnas hur vi barn skulle delas upp, vem som skulle få vem, men jag minns inte. Det stannade vid ett gräl som sedan förträngdes av alla parter.

Jag går för andra gången upp för trapporna på torpet. Träräcket är så lent att det känns som om någon mjölat in det. Jag tänder lampan till pappas rum och liksom kisar för att inte överrumplas av något oväntat minne som jag inte kan kontrollera.

Mot en av väggarna hänger pappas folkdräkt som han alltid bar vid högtidliga tillfällen, på midsommarafton och så. Inget konstigt. Vid sängen ligger några böcker, jag kan inte se titlarna härifrån, det kanske är lika bra.

Jag står där en stund och brottas med mig själv. Jag gör tre eller fyra ordentliga försök att ta mig in i rummet, men förblir vid tröskeln. Till slut vänder jag tillbaka. Rasande på mig själv slår jag patetiskt ner en vas i fönstret vid trappan.

En stund senare när jag åter ligger i mitt gamla barnrum och fingrar på sömntabletterna bestämmer jag mig för att åka hem. Jag kommer inte längre här.

Leo är terapeut och har sin praktik på Sveavägen, vid Wennergrens Center. Han tar emot mig vid dörren med ett leende som är så subtilt att det nästan inte existerar. Han säger "hej, hej", men han tar inte i hand. Kanske är han rädd för hudkontakt, kanske är det något han lärt sig under utbildningen: Ta aldrig en patient i hand! Leo har stor mage och vänliga drag. Han står framåtböjd och påminner därmed om en butler i sin hållning. "Kom in", säger han och vänder tillbaka in i rummet och slår sig ner i sin fåtölj. Jag sätter mig i en likadan fåtölj framför honom. Mellan oss står ett litet bord med den typen av saker man kan tänka sig finna hos en psykolog. En karaff med vatten och ett glas. En hög med pappersservetter. "Är det meningen att man ska gråta här?" frågar jag vänligt och pekar på näsdukarna. "Ibland händer det att patienter börjar gråta och då kan de där vara bra att ha", svarar han. Sedan sitter vi tysta.

På en av väggarna finns en bokhylla fylld av böcker om psykologi. På golvet nedanför ligger två dockor, den ena har bokstaven A på bröstet och den andra har bokstaven B. Jag antar att Leo använder dem till någon sorts rollspelsövning, där patienten gestaltar personer med hjälp av dockorna. På andra väggen hänger en tavla utan motiv. Det är mest kladd och kludd med pensel. Obestämbara mönster som skapar förvirring och som säkert anses vara psykoanalytiskt mästerliga i vissa kretsar. Andra skulle kanske säga att en schimpans kunde göra det bättre.

”Varför har du hängt den där tavlan där?”

”Måste det finnas ett skäl till allting?”

”Nej, nej. Men det är ju intressant. En tavla med kludd. Man undrar varför.”

”Vad säger den där tavlan dig?”

”Den säger mig ingenting.”

”Men den berör dig.”

”Nej.”

”Men du frågade ju varför jag hängt den där?”

”Ja. Men tavlan berör mig inte. Det är det faktum att du hängt den där som berör mig.”

”Varför det?”

”Därför att det är så typiskt för en psykolog att hänga en tavla av det slaget på väggen.”

”Tycker du det?”

”Ja. Och då vill man ju veta varför du hängt den där.”

”Man behöver inte ha ett skäl till allting. Jag tyckte den var fin. ”

Och så tystnad i fem sekunder. Han fortsätter.

”Vet du vad jag slås av, Alex?”

”Vad?”

”Att du säger ’man’ hela tiden.”

”Vadå?”

”Du säger inte ’jag’. Under hela vårt samtal har du sagt ’man’ när du talat om dig själv.”

”Har jag?”

”Ja. Du har inte sagt ’jag’ en enda gång.”

”Det har jag inte tänkt på.”

”Nej.”

”Är det intressant?”

”Tycker inte du det?”

”Jag vet inte.”

Samtalet är inte avslappnat, men det blir bättre. Vi småpratar. Känner på varandra, som en inbollning inför en viktig tennismatch. Leo är golfare och vi talar om det, var han gjorde senaste rundan och hur mycket han gick över par. Jag uttrycker min besvikelse över AIK:s sena poängtapp i matchen igår. Leo ber mig berätta om min familj och jag berättar mest om Calle, som står mig närmast.

”Hur viktig är familjen för dig?”

”Jo, den är viktig. Den är… Man ställer upp för varandra och försöker vara lojal.”

”Hur menar du då, lojal?”

”Ja, om det är bråk mellan en i familjen och någon utomstående så tar man parti.”

”Är det ofta bråk?”

”Det är alltid bråk. Det finns alltid någon som bråkar med någon.”

”Hur visar du din lojalitet?”

”På alla möjliga sätt. Jag har ju mina mediala kanaler att ta till också. Men det händer inte så ofta att det blir frontalkollisioner. Det var mer förr, när pappa levde.”

”Var han bråkig?”

”Nej, nej. Jag menade att hela den här familjegrejen, den här familjeenheten… Den var viktigare när pappa levde. Det var han som höll ihop oss. Han var den som gjorde att vi alla kämpade för familjen. Och när han dog, så dog hela familjekänslan litegrann. När jag numera skriver om min familj i krönikor eller så, brukar jag beskriva den som 'resterna av den familj jag en gång hade'. Det är ju överdrivet och lite koketterande, men så känns det ibland. Att den här familjen bara är en ruin av något som en gång i tiden var stort och fint och som höll samman. Och kittet var pappa. Sen föll allt ihop."

"När dog din pappa?"

"För fem år sen."

"Hur ofta tänker du på honom?"

"Jag skulle inte säga att jag tänker på honom. Men han finns med mig hela tiden."

"Hur menar du?"

"Det är inte så att jag går runt på stan och tänker på pappa. Jag har valt att inte göra det. De gånger då jag kommer att tänka på honom viftar jag bort tankarna. Jag tvingar mig själv, oftast brutalt, att tänka på annat. När jag tänker på pappa gör det ont och jag vill inte ha ont. Så jag väljer bort det."

"Du väljer bort det?"

"Ja. Och jag har blivit allt skickligare på det genom åren."

"Har tanken slagit dig att det kanske vore bra att tänka på honom. Bra för dig själv i ditt sorgearbete?"

"Men du förstår inte. Jag pratar nästan aldrig om pappa. Men saknaden efter honom visar sig hela tiden. Jag signalerar den, kan man säga."

"Hur då?"

”Ett exempel. Pappa talade i regel tyst. Han mumlade nästan. Men när han bad om tjänster så viskade han. När vi satt och åt middag kunde pappa böja sig fram mot oss, peka längs bordet och försiktigt viska: ’Kan du räcka mig saltet.’ Ju svårare tjänsterna han bad om var, desto tystare blev han. De riktigt besvärliga förfrågningarna i stort sett mimade han. En gång bad han oss att sortera hans arkiv. Det där arkivet, det var fruktansvärt stort. Sju stora skåp som sträckte sig från golv till tak, där fanns alla papper som någonsin kommit i pappas väg under hela hans liv. Allt från det första körschemat för hans första radioprogram i Sverige på femtiotalet till anteckningar om hur lång tid det tar att åka från Farsta till Arlanda i snömodd. Allting var noga datummärkt och placerat i mappar. Han donade med det där arkivet hela tiden, men när han blev äldre klarade han inte att sätta tillbaka mapparna i rätt ordning. Årtalen hamnade fel och det blev till slut väldigt rörigt. Han blev olycklig av att inte kunna hitta i det som förr. När han bad oss att gå igenom mapparna och placera dem rätt igen, ett arbete som skulle ta oss över en dag, så talade han så tyst att vi fick böja oss fram. Förstår du?”

”Ja.”

”Jag och Calle har aldrig talat med varandra om det här, men när vi ber varandra om tjänster idag så viskar vi alltid. Vad det än rör sig om, så böjer vi oss mot varandra och viskar. Jag vet inte riktigt vad det betyder, men så är det.”

”Jag förstår.”

”Ett annat exempel. Pappa var rastlös, framför allt de sista åren när han hade ont i kroppen. Han orkade inte delta i några längre middagssamtal. Han ville hellre gå och lägga sig. Men när vi hade gäster kunde han inte bara lägga ifrån sig efterrättsskeden och gå och sova. Då fick han snällt sitta kvar och konversera. Men han ogillade det. När gästerna satt kvar lite för länge med avecen, började pappa trumma försiktigt med handflatan mot bordet. Jag minns exakt hur det lät när hans vigselring slog mot bordsskivan. Jag och Calle lärde oss snabbt den där signalen. Pappa ville gå och lägga sig. Så fort jag och Calle idag hamnar i sociala situationer som vi vill ta oss ur så börjar vi trumma på det där sättet. Alltså, jag menar att vi gör det precis på det sättet.”

”Okej.”

”Ju längre tid som gått efter pappas död, desto mer har jag och Calle på något sätt blivit som pappa. Och det här manifesteras hela tiden. Pappa använde ibland underliga uttryck. Dem använder vi idag. Allihop. När jag råkar tappa något i golvet så väser jag ’äsch’ för mig själv. Precis som pappa. När jag talar om Jeopardy så uttalar jag det ’joppardi’, fastän jag vet att det är fel. För så sa pappa. Jag säger inte ’arton’, jag säger ’aderton’, precis om pappa. Eller uttrycket ’Var det här bra nu då?’ Alltid när pappa hade gjort något fint för oss. Köpt kräftor, eller gått med oss till Gröna Lund eller när vi kommit fram till något fint hotell på semestern och vi drack läsk på balkongen, så sa pappa: ’Var det här bra nu då?’ Och då svarade vi alltid: ’Ja, det här var bra.’ Och nu säger jag och

Calle det hela tiden. När vi har beställt in en pizza på Hamnkrogen nere i Frihamnen och den äntligen kommer in och ser helt ljuvlig ut, då säger antingen jag till Calle eller Calle till mig: 'Var det här bra nu då?' Och då får den andra alltid svara: 'Ja, det här var bra.' Förstår du?"

"Ja."

"Eller att sätta ljudet saktare! Varje lördagseftermiddag hade mamma och pappa siesta. Vi tyckte så klart att det var ofattbart tråkigt. Vi satt där och väntade på att de skulle gå upp igen så att vi kunde äta lördagsgodis och mysa. Under tiden tittade vi på teve. Det var någon tecknad film som väsnades så mycket att pappa vaknade och lufsade ut till oss och sa: 'Snälla, sätt teven lite saktare.' Vi fnissade till varandra och upprepade: 'Absolut. Vi ska sätta teven saktare.' Och fnissade ännu mer. Pappa stod där tyst och tittade på våra nackar. Sedan sa han: 'Tror ni inte att jag förstår att det är mig ni skrattar åt.' Och så lufsade han tillbaka till sovrummet och stängde långsamt dörren efter sig. Vi satt tysta kvar vid teven. Det var ju inte så. Jag menar, det var inte menat som något hånfullt mot honom."

"Hur kände du då?"

"Jag blev ledsen. Det kändes misslyckat."

"Talade du med pappa om det sen?"

"Jag vet inte. Jag kommer inte ihåg. Men vad jag skulle komma till..."

"Vad?"

"Idag använder jag och Calle alltid ordet saktare när vi menar tystare."

”Okej.”

”Och det där förstår ju ingen. Men oss emellan... Det är så vi tänker på pappa, jag och Calle. Och det gör vi ju om och om igen. Tio gånger om dagen. Tjugo gånger om dagen.”

”Jag förstår.”

”Så man kan ju säga att jag tänker på honom hela tiden.”

”Ja. Eller så kan man säga att du tänker på honom... aldrig.”

Jag vänder upp blicken mot honom.

”Ja. Det kan man också säga.”

Leo dricker lite vatten. Sedan frågar han: ”Varför är du här?” Jag sitter tyst en stund innan jag berättar om min resa till torpet, vad som föregick den och hur jag stod utanför pappas rum och tittade in, att jag inte ens kunde förmå mig att kliva in i rummet och hur jag sedan åkte hem i förtid.

Leo tittar på mig och jag tittar ut i rummet. ”Okej”, säger han. ”För att sammanfatta, jag har alltid ett samtal av den här typen med eventuella klienter för att ta reda på om jag över huvud taget kan hjälpa dem. Och nu kan jag ärligt säga till dig – jag kan hjälpa dig.”

Jag fylls av en lättnad som nästan är löjlig. Som om han vore ett orakel och jag skulle vara lycklig att han över huvud taget intresserar sig.

”Jag vill gärna att du kommer hit en gång i veckan. Det finns inte många regler här inne, men de som finns är viktiga. För det första: Du får aldrig skada dig själv fysiskt här inne. För det andra: Du får aldrig skada mig fysiskt här inne. För det tredje: Du får skada saker i rummet, men om du gör det så får du betala för dem. Är vi överens om det?”

Jag stirrar häpet på Leo. Jag hade hoppats på en analys, en diagnos eller åtminstone ett formulerande av en problematik.

”Men du. Det är väl inte *Exorcisten*, det här”, säger jag.

”Vad menar du?”

”Du talar om att skada varandra. Du är väl inte prästen som ska ta fram satan i mig?”

”Nej. Men jag har upptäckt att det är bra att göra klart de här reglerna innan man sätter igång.”

”Tror du att jag ska slå ner dig, eller vad?”

”Jag säger bara att det har hänt.”

”Du behöver inte oroa dig för mig.”

”Det låter ju väldigt bra. Jag ville bara göra klart de här reglerna. Nu behöver vi inte prata mer om det.”

”Herregud.”

”Fungerar fredagar klockan nio?”

”Ja, det funkar.”

”Vad fint. Vi ses på fredag.”

Jag åker grön tunnelbanelinje söderut som jag gjort så många gånger förut då vi bodde i Farsta. Jag kan fortfarande rabbla pärlbandet av stationer ända ner till Farsta Centrum. Jag kan känna otrygghet när jag åker tunnelbana i Stockholm, men aldrig här på gröna linjen söderut. Den är mig alltför bekant. Det är den enda linjen i Stockholm där jag inte sitter med spänd rygg.

Jag kliver av vid Skogskyrkogården och går in i blomsterbutiken vid stationen. Kvinnan i butiken hanterar blommorna lika klumpigt som hon behandlar sina kunder. Jag frågar efter solrosor och då tittar hon på mig, liksom häpet, och säger: "Solrosor är det väl inte säsong för nu heller." Jag köper tulpaner och lämnar butiken utan att stänga dörren efter mig. Det känns som en lämplig hämnd. Jag vandrar in på begravningsområdet och möts omedelbart av det där enorma korset på ängen, som liksom lutar sig över en vart man än står. Det känns blasfemiskt stort, men det manifesterar döden på ett mästerligt sätt. Där borta ligger kapellet där vi hade vår begravningsceremoni för pappa. När jag passerar upptäcker jag att det är någon annan som ska ner i jorden nu. Det står ett femtontal mycket gamla människor utanför kapellet. De samtalar tyst som man gör i samband med begravningar och lutar sig mot varandra. De är så gamla, de där människorna. De ska inte stå upp på det där sättet. Jag hoppas att de snart får sätta sig ner.

Jag har bara varit här tio gånger sedan pappa dog. På julafton, hans födelsedag och några gånger till. Jag har försökt att hålla mig härifrån. Platsen gör mig illa till mods. Den koncentrerar bara en sorg som redan är alldeles tillräcklig. Jag har alltid tänkt att jag inte kommer närmare pappa här – jag kommer längre ifrån honom. Det här är en plats där jag har gjort allt som stått i min makt för att *inte* tänka på honom.

Det går alltid till på samma sätt när jag besöker graven. Jag ställer mig framför stenen, biter ihop käkarna och anstränger mig oerhört för att inte bryta ihop. Jag tänker på annat, söker desperat efter vilka banala funderingar som helst så länge de inte rör pappa. Jag skapar enklare matematiska problem som jag försöker lösa i huvudet. Vad är 345 minus 176? Jag försöker minnas en gammal ramsa från barndomen ord för ord. Jag försöker läsa upp alfabetet baklänges. Jag står där och brottas med mig själv tills det gått fem minuter. Efteråt känner jag alltid samma sorgliga känsla av triumf: Jag lyckades. Jag bröt inte ihop.

Men den här gången ska bli annorlunda. Det här besöket är ett experiment.

Jag går i gräsluttningen på väg ner mot gravstensräckorna och kommer att tänka på när vi valde ut den här gravplatsen. Vi utgick från björken. Pappa tyckte att björkar var världens finaste träd. Han gillade hur det sjöng i dem på torpet i Värmland. Han förutspådde vädret genom att lyssna på suset. Han kunde sitta i sin stol och blunda, nicka och lyssna och plötsligt säga: ”Nu kommer regn.” Det tog någon minut, sedan vräkte det ner och mamma rusade ut på verandan med cigaretten i mungipan och ropade: ”Jösses, ta in dynorna!”

Mamma var inte lika förtjust i björkarna på tomten. Hon direkt ogillade dem. De förstörde sjöutsikten från huset. Egentligen ville hon hugga ner allihop, en efter en under högtidliga former och sedan arrangera björkbål uppe vid ladan. Men pappa vägrade. Mamma fick gärna ta bort enen nere vid sjön, det hade han ingenting emot. Och de där granarna vid svartvinbärsbuskarna kunde gärna försvinna. Men ingen fick röra björkarna.

År efter år, de återkommande bråken om björkarna. Ett lustfyllt käbbel dem emellan som ingav oss barn lugn, för då visste vi att allt var bra.

Första dagen på semestern. Mamma och pappa sitter nere vid bastun alldeles vid sjön. Kvällssolen bildar en väg av hamrat guld rakt över vattnet. Pappa dricker whisky och mamma gin & tonic och jag får doppa fingret i glasen. Vi är trötta efter fyra timmars bilresa från Stockholm, men det finns en trygg lycka här som jag idag vet att jag aldrig kommer att återuppleva. Vi sitter och fascineras över hur vildvuxet allt blivit under det år vi har varit borta härifrån. Pappa pekar bort mot gräsplanen där vi spelade fotboll förra året. ”Titta, va”, säger han. Där är nu en vild äng med smörblommor. Stigen som leder ner till sjön är försvunnen. Ge naturen två år till och hela torpet är borta. Mamma och pappa talar om allt som måste göras. Gräsklipparen är trasig och måste lämnas in. Vi måste hämta upp sjövatten till huset för att få pumpen att fungera. Och rabarbern måste upp ur marken innan den dör. Det är lustfyllda saker. Saker att pyssla med under sommaren. Mamma och pappa skålar med varandra och säger "puss" och tittar sedan ut över vattnet. Sjön är så fullständigt spegelblank, så stilla att det känns som ett litet mirakel.

"Och så tycker jag att vi hugger ner alla björkarna i år", säger mamma. Pappa tittar på mamma och uppfattar genast glimten. Då skrattar han och ropar så högt att det ekar över sjön: "Nej, det gör vi inte alls!"

Och omkring dem sitter tre barn och är lyckliga över signalerna. Mamma älskar pappa och pappa älskar mamma.

Men så blev det som det blev med björkarna ändå. En sommar när vi anlände till torpet var de alla borta. Den strandlinje som tidigare kantats av dessa fantastiska träd var nu fullständigt ren från växtlighet. Upptäckten skapade tumult. Pappa skrek "satans helvetes jävla skit", släppte väskorna som han hade i händerna och skyndade ner till stranden för att se vad som hade hänt. Han undersökte stubbarna och strandlinjen som om den vore en brottsplats. Säkrade bevis, synade buskage. Efter en stund lunkade han tillbaka till oss och konstaterade: "Det är bävern. Bävern har tagit allt." Vi stod tysta. Pappa tittade ut över den björkfria utsikten ner mot sjön. Kliade sig i huvudet. Slog bort en mygga från överarmen. Drog handen genom skägget. Sa med en ironi som var ovanlig för honom: "Jaha. Det var ju just snyggt." Sedan gick han och lade sig.

Det tog flera år innan mamma kunde skämta öppet om det där. Pappa saknade björkarna oerhört.

Vi vandrade runt länge på Skogskyrkogården för att hitta en plats som pappa skulle ha gillat och då tänkte vi på björkarna. Nere i en liten sänka fann vi en porlande fontän framför en liten staty och alldeles bredvid reste sig en fantastisk björk. Frisk och stark och vid varje vindpust rasslade den och berättade för dem som kan tyda ljuden om det kommande vädret. Vi hade funnit vår plats.

När jag kommer fram till pappas grav upptäcker jag att den är ovårdad och misskött. Det är september, men granriset från julafton ligger fortfarande kvar. Ljuslyktor ligger omkullvälta runt graven efter något oväder. Det syns direkt att det här är en grav som sällan är besökt. Det är underligt. Pappa har sju barn och ingen har varit här sedan julafton. Jag blir arg och förtvivlad och låter det gå ut över en förbipasserande parkarbetare. "Är det över huvud taget någon som sköter om gravarna här", ryter jag. Mannen har vänliga drag och låter sig inte provoceras. "Jaa, alltså. Vi sköter ju själva kyrkogården, men gravstenarna är det upp till familj och anhöriga att hålla efter", säger han. Han tittar ner på den vildvuxna graven och vi står tysta en stund. "Det finns spadar och krattor som man kan få låna här. Jag kan gå och hämta till dig om du vill", säger han. Jag avböjer och gör en ansats att gå därifrån. Men jag känner plötslig oro när jag står här. Det går en ilning genom kroppen. Det är något som inte står rätt till på den här platsen. Något fattas. Jag tittar mig omkring och det tar mig över en minut att inse det. Björken är borta. Nedhuggen ända nere vid roten. Jag går häpen fram och ställer mig och stirrar på den löjliga stubben.

"Björken är borta", säger jag.

"Ja", säger vaktmästaren. "Vi var tvungna att hugga ner den. Den var död och det fanns risk att den skulle välta."

Jag är tvungen att skratta. Ironin i det. Den här gången är det Skogskyrkogården som slår till mot pappa. En ny typ av bäver, men samma skada. Och jag tänker på pappa där han stod och tittade ut över vattnet på torpet i sin milda förtvivlan.

Jaha. Det var ju just snyggt.

”Hej. Jag heter Alex Schulman och jag ska vara med i SVT:s Nyhetsmorgon.”

Damen som sitter i den lilla receptionistburen på Sveriges Television fäller ner blicken, gör någon sökning på sin dator och säger sedan: ”Hittar du själv till studion?”

”Nej”, säger jag och kvinnan suckar ljudlöst och reser sig. ”Kom med här”, säger hon. Vi går nedför en trappa och plötsligt är vi i underjorden. Vi fortsätter genom en korridor som är så bred att den påminner om en autostrada. ”Vad stort det är här”, säger jag. ”Ja, det är stort”, svarar kvinnan. Hon envisas med att gå framför mig. Varje gång jag skyndar på stegen för att komma ifatt henne accelererar hon så att jag åter hamnar bakom henne. ”Man skulle kunna köra en lastbil genom den här korridoren”, säger jag. Kvinnan svarar inte. Hon skyndar fram och vi passerar stora dörrar. Vi går förbi ”STUDIO 1” och ”STUDIO 2” och jag önskar att damen inte hade så bråttom för jag skulle hemskt gärna vilja gå in och titta lite i de här lokalerna. Det här var pappas arbetsplats under större delen av hans tid i Sverige. Jag vet att jag har sprungit runt i de här korridorerna massor av gånger, busat med ljudtekniker, skrikit för högt och ätit pepparkakor i rökrummen. Jag minns dock inget av detta när jag nu vandrar i den här oerhört stora korridoren. Ingenting jag ser eller hör väcker några associationer. Insikten om att denna plats är mig fullständigt främmande gör att jag spänner mig, som om jag beredde mig på ett bakhåll.

Vi går förbi en dörr med skylten ”KONTROLL-RUM”. När jag ser den rödlackerade dörren upplever jag en mikrosvindel aldrig stark nog att rubba min balans, men så intensiv att jag stannar till framför den. Den där dörren känner jag mycket väl igen. Jag har bara varit innanför den en enda gång, men jag minns tydligt reglerna: Sitt alldeles still. Säg inte ett ord.

Tidig vintermorgon 1988. Jag låg i min säng och pappa hade lagt sin svalkande hand över min panna. ”Du är ju varm som ett litet element”, sa han och gick för att hämta termometern. Alltid samma känsla av obehag när pappa gick för att hämta den. Han återvände med en grön låda som han omsorgsfullt fällde upp på sängen. Granskade innehållet med van blick och tog fram en termometer tjock som en kulspetspenna med en glänsande silverspets.

”Måste vi?” sa jag.

”Ja, det måste vi”, svarade pappa.

Han skakade ner mätaren genom att slå den mot sin arm, tog fram Niveakrämen och smorde in spetsen. Och så baken i vädret, kallt stål i stjärten och pappa som satt och tittade på klockan. Efter en minut drog han ut termometern och granskade den röda mätaren noga.

"Oj då", sa han.

"Har jag feber?"

"38,3. Men vet du vad?

"Vad?"

"Du hade skit upp till 39,7!"

Vi fnissade båda.

Feber innebar att jag inte kunde gå till skolan och pappa sa att "det var inte alls bra, det här". Men jag tyckte det var ganska bra, trots allt. Feber innebar att jag fick följa med pappa till jobbet, ett studiebesök i vuxenvärlden. Vi åkte i pappas blåa Volvo från Ekerö, hela vägen in till stan. Pappa visade mig Sergels torg och plattan där alla knarkarna hängde, vi åkte förbi Operan och Dramaten för att sedan köra långsamt på Strandvägen och titta på lägenheterna där alla de riktigt rika i Sverige bodde. Vi kom fram till Sveriges Television på Oxenstiernsgatan, där pappa hade en egen parkeringsplats med sitt namn på. Utanför SVT köpte vi en varmkorv, fastän klockan bara var tio på morgonen och vi lovade båda att inte säga något till mamma om den saken. Sedan gick vi in genom de stora svängdörrarna och kom fram till glasburen. Pappa böjde sig ner mot vaktmästaren.

"Hej. Jag har glömt mitt passerkort idag igen. Jag ska skärpa mig, jag lovar", sa pappa och log vänligt och tog ett steg mot dörren.

Vaktmästaren tittade uttryckslöst på pappa.

"Utan giltigt passerkort blir det svårt att komma in."

"Vad menar du?"

"Det är de regler jag har att följa här. Har man

inte giltigt passerkort så har jag tillsägelse om att inte släppa in vederbörande.”

Jag hade lärt mig att läsa av situationer som denna sedan många år. Jag tog ett steg bakåt och spände kroppen som innan man tar emot ett knytnävslag.

”Men vad i helvete menar du, din jävla idiot!” Pappa skrek så att folk vände sig om. All aktivitet i den myllrande korridoren upphörde. ”Jag heter Allan Schulman och nu släpper du in mig här innan jag ställer till ett jävla helvetes liv, hör du det!”

Den nyanställda vaktmästaren famlade genast efter knappen som låste upp dörren.

”Kom nu, Alex”, sa pappa och tog mig i handen, sedan gick vi in genom vändkorsen. Han muttrade ”satans helvetes jävla skit” för sig själv under några sekunder, men sedan var det över. Det var som om det aldrig hade hänt. Pappa morsade vänligt på förbipasserande och utbytte elegant lämpliga kallpratsfraser med sina kollegor.

Vi vandrade djupt in i Sveriges Televisions omöjliga labyrinter. För så var det. Huset bestod av flera våningar med långa rader av sidogångar och gömda hissar i underliga korridorer som man först tog upp, även om man egentligen skulle ner, och så gick man ut ur hissen, tog en annan korridor och sedan in i en ny hiss som man tog ner, även om man egentligen skulle upp. Det var en miljö att bli sinnessjuk i. Pappa brukade säga till mig att det var därför SVT hade så många tanter och gubbar anställda. De anställde dem och sedan hittade de aldrig ut, sedan hade de blivit kvar i korridorerna.

Jag satt i en soffa i pappas rum och tittade på när han skrev på sin skrivmaskin. Han slog så hårt och skoningslöst på tangenterna att man kunde tro att han var vansinnig. Det lät som om han vore i stor affekt, som om han skrev ett sista och slutgiltigt brev till sin värsta fiende. Jag lekte att pappa skrev en och samma mening om och om igen: "DU KAN FARA ÅT HELVETE!"

Jag mimade bokstäverna för mig själv i takt med att han skrev, D – U – K – A – N – F – A – R – A – Å – T – H – E – L – V – E – T – E. Jag älskade ljudet av pappas intensiva knatter. När han missade en bokstav, skrev "a" istället för "s" eller så, kunde man höra ett "äsch" och sedan snabb skadekontroll på pappret, varpå han fortsatte igen.

Ibland kom det in en kvinna i rummet med dokument som pappa behövde ta del av. "Lägg dem på bordet", sa pappa och då lade hon pappren på bordet och försvann. "Lägg dem på bordet", om och om igen under hela dagen, allting skulle läggas på bordet.

Pappa hade fått en ny telefon på jobbet. Den var röd och hade knappar istället för ringskiva. Den var mycket modern och pappa använde den ofta. Han lyfte luren, slog snabbt några siffror och inväntade tonen. När personen i andra änden svarade sa pappa: "Det är Allan Schulman." Det blev helt tyst i en sekund och så sa pappa: "Hej." Jag insåg att pappa måste vara väldigt betydelsefull som inte behövde inleda sina samtal med att hälsa. Han behövde bara informera den han ringde vem denne hade att göra med, varpå denne någon omedelbart sa "hej". Och för att bekräfta att kontakten var etablerad sa pappa slutligen ”hej”. Han vände på steken, så att säga. Trängde in den han ringde i hej-hörnet och tvingade fram en hälsning innan han själv levererade sin. Jag satt i soffan och lyssnade på pappas samtal under hela dagen och tyckte mycket om den där tystnaden mellan ”det är Allan Schulman” och ”hej”. De två sekunderna som människan på andra sidan luren tog på sig för att koppla vad det rörde sig om.

På kvällen skulle pappa sända. Han frågade om jag ville sitta bland publiken i studion eller med pappa i kontrollrummet. Jag ville sitta med pappa. Han satte sig på knä framför mig och sa: ”Det är väldigt viktigt att du gör exakt som jag säger när vi är i kontrollrummet. Alla människor där inne har väldigt svåra arbetsuppgifter och man kan inte störa dem hur som helst. När lampan där det står ’sändning’ har börjat blinka finns det två mycket viktiga regler: Du måste sitta helt stilla. Och du får inte säga ett ljud.”

Det var ett fascinerande rum. Inga lampor var tända här. All aktivitet var riktad mot en vägg fylld från taket och ner med teveskärmar. De stod staplade på varandra, som det såg ut i skyltfönstren till tevebutikerna inne i stan. Varje skärm representerade en kameravinkel inne i studion. Under varje skärm lyste digitala siffror som jag inte alls förstod. Några stod på minus, andra på plus, men alla blinkade i rött.

I rummet fanns ett tiotal personer som satt i tysta samtal med varandra. De var alla vänliga. ”Ska du lära dig av pappa hur man gör teve nu?” frågade någon och jag nickade. En kvinna som hela tiden placerade sig alldeles till vänster om pappa sa ”Två minuter” och pappa ropade ut: ”Två minuter till sändning!” Hela rummet tystnade och alla riktade blickarna mot skärmarna. Pappa ställde sig i mitten av rummet. Han bar vit skjorta, slips och en tjock stickad tröja. Han stod bredbent, med armarna i kors. Rummets kapten, utan tvivel. Han tog ett steg fram, böjde sig mot en mick, tryckte in en knapp och sa: ”Studion beredd?” Han fick omedelbart svaret: ”Studion beredd.” Så tog han ett steg tillbaka och sa: ”Okej, gott folk, då kör vi.” Sedan ropade han ”Koncentration!” så högt att jag blev lite skrämd. Över alla skärmar lyste en digitalklocka i rött, som på decimalen räknade ner till sändningsstart. När den närmade sig noll lyfte pappa sin hand i luften och sa: ”Jingel, beredd.” Tio huvuden böjde sig en millimeter närmare skärmarna för att kunna ta emot hans order på sekunden. Och så skrek pappa, samtidigt som han med full kraft pekade mot skärmväggen: ”Jingel – nu!” Orkestern i studion började spela, pappa skrek ”applåder – nu” och genast gav en studioman tecken till publiken att börja jubla. ”Kamera 2 – beredd”, ropade pappa och tio människor böjde sig ytterligare en millimeter närmare skärmarna. ”Kamera 2 – nu.”

Kvinnan som stod bredvid pappa upprepade hela tiden vad pappa just hade sagt, men hon hann knappt bli färdig med den uppgiften innan pappa avbröt: ”Kamera 3 – beredd.” Och så handen i luften, han pekade mot skärmväggen som om den vore ett fort som skulle intas: ”Kamera 3 – nu!” Kvinnan vid pappas sida hade ett schema i handen och under det här öronbedövande hojtandet matade hon pappa med minut- och sekundinformation om vad det kunde tänkas vara kvar av de olika inslagen. Och under hela sändningen utbyttes information mellan de övriga tio i rummet, teknisk lingo kännare emellan, om de olika utmaningarna som låg framför dem i sändningen. Det var hysteriskt kaos, organiserat in i minsta sekunddecimal. Pappa dirigerade en orkester och det satt fyra miljoner människor i publiken.

När sändningen var klar lutade sig alla tillbaka och pustade ut som i filmer när de fått iväg den där raketen i luften och man konstaterar att den tycks gå i en hälsosam omloppsbana runt jorden. Pappa tackade alla för ett väl utfört jobb, tog mig i handen och vi gick ut. ”Tyckte du att det var roligt?” frågade pappa. Jag svarade att jag tyckte att det var mycket roligt, men att jag inte riktigt förstod vad alla skrek om. Pappa skrattade. ”Det där ska jag lära dig en dag när du är lite äldre.”

Midsommarafton, 1992

Coca-Cola Cups femte årgång rasade på fotbollsplanen. Samma regler och samma prestige som tidigare, men en ny boll. Pappa hade blivit svagare i kroppen och vi hade blivit äldre. Vi var tonåringar och vi sköt hårt. Vi kom därför överens om att låta den tunga läderbollen vara och istället använda oss av en lättare plastboll. Om pappa träffades av ett av Niklas hårda skott skulle han inte ta någon skada. Den möjliggjorde dessutom intressanta skruvar i vinden som ibland ställde både oss och pappa fullständigt. ”Det var med flit”, ropade Niklas efter att en boll gått i en osannolik båge över fältet och till slut letat sig in i pappas vänstra kryss.

Calle hade otur. Han missade de första tre straffarna. Det gjorde honom så frustrerad att han skrek ut sin förtvivlan över hela sjön. Han satte sig röd i ansiktet och gråtrufsig i håret vid sidlinjen och begravde ansiktet i händerna. Mamma tyckte att han såg rar ut där han satt för sig själv. Så hon smög fram mot honom, ljudlöst på barfotafötter över gräset med kameran i hand. När hon kommit tillräckligt nära tog hon bilden. Calle hörde ljudet av kameraklicket, tittade upp från sin sorg och blev vansinnig. ”Ska du ta bilder också", skrek han så att det ekade över sjön och så reste han sig upp och sprang till skogs. Mamma gick efter och ropade på honom några gånger och till slut kom han tillbaka för att slutföra tävlingen.

Pappa såg lika outtröttligt bister ut som han gjort under tidigare år. När han släppte in ett mål visade han samma vrede och delade ut sina burkar genom att motvilligt säga: "Väl skjutet."

Men han kastade sig inte längre när skotten kom. De låga bollarna valde han att försöka nå med fötterna. Och mellan skotten ropade han ibland: "Jag måste ta igen mig lite" och lutade sig mot en av stolparna.

När tävlingen var avslutad och vi hade förevigat den med ett gruppfoto promenerade pappa in i köket och skrev i sin kalender:

Coca-Cola Cup, femte årgången
Niklas: 3 Coca
Alex: 4 Coca
Calle: 0 Coca

Jag har missat någon gång då det har dykt upp saker, men nu träffar jag Leo för femte gången på hans mottagning på Sveavägen.

"Jag vet att du kommer tycka att det låter banalt, Alex, men jag har en känsla av att du är rädd för att visa dina känslor."

"Har jag? Jag vet inte... Jag försöker säga vad jag tycker."

"Men vad du känner."

"Ja. Det också."

"När grät du senast?"

"När grät jag senast? För några månader sedan. Men innan dess minns jag inte."

"Grät du när din pappa dog?"

"Det minns jag inte."

"Grät du på hans begravning?"

"Jag... Jag vet inte. Det gjorde jag säkert."

"Gjorde du verkligen det?"

"Men Leo, gör du det inte lite lätt för dig nu? Man behöver inte gråta för att uttrycka sina känslor."

"Nej, det är sant. Men det är viktigt att gråta ibland. Det är inte bra om man lever ett liv och plötsligt inser att den sista gången man grät var när man var tolv år gammal och att det då berodde på fysisk smärta, att man snavade i en trappa eller liknande."

”Men sluta.”

”Jag är allvarlig.”

Tystnad.

”Jag har träffat dig alldeles för lite, men en tes som vi skulle kunna arbeta efter är att saker som hänt i din barndom har skapat sår som finns kvar än idag.”

”Saker som hänt i min barndom?”

”Ja. Eller saker som inte har hänt.”

”Vad är det för sår?”

”Återigen, jag har träffat dig för få gånger. Men det finns skäl att tro att du idag har ett ganska djupt narcissistiskt sår som är sprunget ur din barndom.”

”Narcissistiskt sår, det låter verkligen fruktansvärt.”

”Det är det inte.”

”Vad är det som har hänt i min barndom, menar du?”

”Det vet jag inte. Och det kommer vi kanske inte att få reda på heller. Men vi kan göra ett litet experiment. Om du försöker dra dig till minnes, kan du komma ihåg ditt första barndomsminne?”

”Mitt första barndomsminne?”

”Ja. Var var du, vad gjorde du, vad hände?”

”Men det är ju nonsensminnen. Ingenting som över huvud taget kan ha någon betydelse.”

”Berätta, bara. Ett väldigt tidigt minne ur din barndom.”

”Okej. Pappa klippte sina tånaglar. Det var när vi bodde i Skåne.”

”Ja?”

”Han använde ett kniptångsliknande verktyg som påminde om det som elektriker använder för att knipsa kablar. Jag har aldrig sett tjockare tånaglar än pappas. De böjde sig som scampiskal över tårna. Pappa satt på toaletten med öppen dörr och knipsade av nagel efter nagel. Jag stod i dörröppningen och tittade på. Han började med lilltån, fortsatte uppåt och avslutade med stortån som uppenbarligen var en stor utmaning. Stortånageln ville inte ge vika hur som helst, inte utan strid. Pappa pulade länge med positioneringen av tången, hittade till slut rätt läge och tog sen i så att han kisade med hela ansiktet. Några sekunders dallrande tystnad, sen brast den med en skarp smäll. Den oerhörda nagelbiten flög iväg och jag kunde höra när den landade på parkettgolvet i hallen. Så började han med andra foten. Jag minns att mamma gick förbi oss. ’Men Allan, du kan väl sitta någon annanstans och göra det där. Nu ligger det naglar i hela hallen. Det är så äckligt.’ Pappa sa ingenting, för han var i ett viktigt skede. Tången låg där den skulle och han tog åter i så att han slutade andas. Och så ven ännu en nagel förbi mig och mamma.”

Jag tystnar och Leo tittar begrundande på mig. Jag skrattar till. Pappas tånaglar är mitt tidigaste starka barndomsminne.

”Berätta om ett annat tidigt minne.”

”Okej”, säger jag och tänker efter en stund. ”Vi bodde i Spanien under en period. Jag var fyra år, skulle jag tro. Jag minns att jag och pappa skulle gå och köpa frukostfrallor tillsammans. Vi gick till ett bageri med en klocka som plingade när man öppnade dörren och en gammal tant i kassan. Det var kö. Framför oss stod en medelålders man som tycktes ha mycket bråttom. När det var hans tur att beställa, pekade han på en av brödkorgarna och sa något rappt på spanska. 'Äsch', sa pappa och suckade. Jag frågade vad som hände och pappa svarade: 'Han sa att han ville ha alla bröden i den där korgen.' Jag frågade pappa varför han suckade och han förklarade att mannen hade tagit precis de bröden som vi skulle ha. Jag insåg problematiken och frågade vad vi skulle ta oss till. Pappa sa att det inte var någon fara. 'Vi tar några andra bröd istället', sa han. Det blev vår tur och vi valde andra bröd, lite större frallor som låg i korgen intill. Pappa betalade och vi gick vi därifrån. Där har vi det."

"Det var ditt minne?"

"Ja. Vi skulle köpa frallor, en gubbe tog våra frallor och vi köpte ett par andra frallor istället. Varför minns jag det? Jag undrar vad det kan bero på. Det var en episod helt utan starka intryck. En trivialitet. Ändå minns jag alla konturer, dofter och detaljer. Är inte det underligt?"

"Jo."

"Framför allt undrar jag: Hur tänkte du att de här minnena ska förklara mina narcissistiska sår?"

Leo lutar sig tillbaka i stolen.

"Minnen av nagelklippning och bageribesök, hjälper de dig i ditt arbete? Kommer du närmare kärnan nu?" frågar jag. Leo märker att jag tråkar honom, men ler vänligt mot mig. Vi kommer inte längre idag.

Jag äter frukost tillsammans med en vän på en fransk bistro som heter Zink. Vid bordet intill sitter en gammal man som hela tiden sneglar åt vårt håll. Jag är van vid att yngre människor kurar ihop sig mot varandra och väser och pekar åt mitt håll, men äldre brukar inte visa något intresse. Jag betraktar honom i smyg, ser hur han våndas över att han inte kan bestämma sig om han ska ta kontakt eller inte. Så tar han mod till sig och hasar längs soffan mot oss. ”Ursäkta att jag stör, men är inte du Alex Schulman?”

Han är äldre än vad han först såg ut, säkert sjuttiofem år gammal. Han verkar reagera långsamt på alla typer av stimuli, men har pigga ögon. Han berättar att han är gammal kollega till pappa från Malmöteve. De var inte bästa vänner eller så, men de arbetade ihop vid några projekt och det hände att de åt middag ihop. ”Han var en fantastisk person, din pappa”, säger han. Sedan ler han på ett lustigt sätt och säger: ”Men han kunde ju bli så in i helvete förbannad.”

Jag är mycket road av samtalet, nyfiken på alla historierna om pappa, så jag bjuder honom att sätta sig ner hos oss och han tackar ja. Jag berättar för honom att jag läste Lasse Holmqvists memoarer för en tid sedan och att han där påstod att han en gång sett pappa riva sönder en telefonkatalog i raseri. Han ska ha slitit den i två lika stora delar inför en mycket häpen redaktion som han arbetade med i Malmö på sjuttiotalet. Jag frågar mannen om han har några minnen av det.

”Jag har inte sett det själv, men jag tror att alla människor som blivit utsatta för Allans vrede förstår att det mycket väl kan ha hänt”, säger han och vi skrattar båda. ”Däremot minns jag en annan episod. Det var inför premiären av något nytt program som Malmö-teve skulle sända. Din pappa var chef på nöjesavdelningen. Han hade informationsmöte med hela avdelningen på sitt rum när det kom in en tjej från pressavdelningen. Jag minns inte riktigt vad som stod på, men hon hade väl gjort något fel. Skickat ut någon information som inte skulle ut förrän nästa dag eller liknande.

Allan stirrade på henne. Det blev tyst. Sedan smällde det till – blixtsnabbt lyfte han upp sin skrivmaskin och kastade den mot kvinnan. Hon flydde ut i korridoren och hann undan. Det var nog tur, för skrivmaskinerna var tunga på den tiden och han kastade den med full kraft.”

Jag tänker mycket på det där sedan. Jag försöker återskapa denna bisarra scen och jag tar hjälp av Matrixtekniken. Jag fryser scenbilden precis när skrivmaskinen har lämnat pappas hand och är på väg i sin bana genom rummet. Hans mun är formad till något som skulle kunna vara ett psykopatleende, men som i själva verket är den sista bokstaven E i ordet helvete.

Jag kan gå omkring fritt i den här frysta bildrutan, i det här förstelnade rummet och iaktta omständigheter. Som en kommissarie på en brottsplats går jag runt och vänder på papper, tittar ut genom fönster, hummar och nickar belåtet åt mina avgörande upptäckter. Och jag ser ansiktsuttrycken. Pappas är förvridet av ilska. Stora ögon som gömmer sig i det vita skägget. Han har på sig den fiskbensrandiga kavajen som jag sett honom bära på så många bilder från tevehuset på sextiotalet. Under det en vit skjorta som spänner vid varje knapp, som ett cirkustält. Jag ser hans stora kropp som ändå befinner sig i vacker balans alldeles efter kastet. Som om pappa kastat skrivmaskiner många gånger förr. Och skrivmaskinen, hans vackra Facit, ligger och dallrar i luften. Det sitter ett papper i den och det där pappret är viktigt, för det reagerar på fartvinden och kan därför hjälpa mig att uppskatta åt vilket håll den är på väg. Jag kan också sluta mig till att dess hastighet är relativt hög och att om den träffar rätt så kan den träffa mycket olyckligt. Detta har också övriga i rummet insett, därav den allmänna paniken.

En man och en kvinna har tagit ett storögt, långt steg mot dörren och utgången. De kommer att krocka med varandra om mindre än en sekund. En annan person, han bär manchesterbyxor, har valt att stå kvar på stället i rummet. Men han har hunnit huka sig och lagt händerna över huvudet. Den sista personen i rummet är en kvinna. Hon är ung och vacker med svart page och vit hud. Hon är i stort sett genomskinlig, den här kvinnan. Klädd i en vit, mycket tajt blus. Gud, så tajta blusar visste jag inte att man fick ha på sextiotalet. Tydligen har denna kvinna ett speciellt förhållande till pappa, för hon är den enda som försöker stoppa galenskapen. Hon har tagit ett steg mot honom och sträckt ut en avvärjande hand i luften. Den är en hand som säger: ”Gör det inte.” Den handen har också fått ge vika, och ligger nu böjd som ett frågetecken i luften, för ägaren till den behöver den samtidigt för att skydda sig om maskinen skulle komma i hennes väg. Det är en hand som vill fred, men som just insett att kriget är här.

Så trycker jag på Play-knappen och skrivmaskinen flyger iväg mot dörröppningen, träffar dörrkarmen och faller ner i två eller tre bitar på golvet. ”Det är ju själva fan”, skriker pappa. Någon reservdel rullar längs golvet och sedan tystnar allt. Det är över. Det kommer inga fler saker flygande, även om den där glasstatyn på pappas bord säkert frestar honom. Pappa ber om ursäkt och förvirrade blickar studsar mot varandra i rummet. Någon plockar upp skrivmaskinsskärvorna och så är intermezzot över.

Så var det alltid med pappa. Han kunde bli bortom förståelse vild i en liten kort sekund. Sedan betedde han sig som om det aldrig hade hänt över huvud taget. Dessa utbrott var resultatet av motgångar, stora som små. Mest små. Han tappade ett kastrullock i golvet i köket och skrek omedelbart ”FAN I HELVETE” så att det hördes genom alla dörrar och väggar i lägenheten. Till slut kunde vi förutspå utbrotten, förbereda oss på dem i god tid. Om pappa missade en avfart så visste alla i bilen att den här lilla missen inte kommer att passera med ett enkelt "äsch". Då visste vi att nu bryter helvetet lös om en liten, liten stund. Och så kom det. Pappa stirrade på avfartsskylten som sedan försvann förbi bakom honom, kontemplerade en sekund sitt misstag och skrek sedan rakt ut: "Satans helvetes jävla skit!" Några sekunder senare muttrade han: "Nästa avfart är inte så pjåkig den heller." Det fanns definitivt något seriefigursliknande i det draget.

Jag skämdes alltid för de där offentliga utbrotten när jag var barn. Tyckte att det var pinsamt att pappa blev så arg och jag led av att se andra människors skräck för den här ilskan. Men det där förändrades med åldern. Till slut svängde jag helt. Jag tror att det hade mer att göra med pappas ålderdom än med mig. Han blev äldre och svagare och vi andra kände att pappa måste beskyddas till varje pris.

Jag var tretton år gammal. Jag och Calle gick med pappa ner till Farsta Centrum för att handla. Det var fredag och hela söderort skulle köpa mat till helgen, kön till bankomaten var lång och pappa väste ett "fan också" så fort han fick syn på den. Vi ställde oss sist och väntade på vår tur. Pappa stod hela tiden och tittade ömsom på klockan, ömsom på aktiviteten i kön. Längst fram stod en man och han hade stått där ganska länge nu. Det tog inte lång tid för pappa att lista ut vilket rackarspel som var i görningen. Mannen höll på med dubbeluttag, möjligen till och med trippeluttag. Han stoppade in kortet, tog ut pengar och stoppade sedan in kortet igen för att ta ut ännu mer. ”Men hallå! Du kan väl för fan inte stå och ta ut en massa gånger när du märker vilken kö det är”, skrek pappa. Detta skapade en tyst turbulens i kön. Folk skruvade på sig, några vände sig om för att kontrollera den argsinta källan, men ingen sa någonting. Mannen längst fram stod kvar med blicken riktad mot maskinen och ropade tillbaka: ”Jag tar ut hur många gånger jag vill!” Pappa stirrade häpet på mannen. Sedan skrek han så att det hördes över hela det fula torget: ”Ditt pack!” Mannen vände sig om. Pappa visade tänderna. Mannen ropade tillbaka: ”Håll käft på dig.” Jag och Calle bröt genast in. ”Du kan hålla käft”, skrek Calle. ”Ta ut dina pengar och stick”, ropade jag. Mannen tystnade, alla tystnade. Så skakade han på huvudet, tog sina pengar och lommade därifrån.

Vi tre stod kvar i kön och såg honom troppa av.

”Vilket jävla sätt, va”, sa pappa.

Vi nickade.

Vi sa ingenting mer om saken. Pappa glömde snart bort det, men jag minns att jag kände stolthet i det ögonblicket, för första gången stod vi på pappas sida och visade musklerna. Pappa var gudfadern och vi barn var hans hejdukar, ständigt beredda att ta strid om situationen krävde det. Det var en vändpunkt. Från den dagen accepterade vi inte att folk skällde tillbaka när pappa fick sina utbrott. Oavsett om han hade rätt eller fel fanns vi alltid vid hans sida för att stötta honom. Och vad pappa än sa eller gjorde, så var det aldrig pinsamt längre. Det var en befriande, villkorslös känsla.

Lördagen därpå badade vi som vanligt bastu i Farstahallen tillsammans. För pappa var det väldigt noga med artighet och hyfs i bastumiljö. Varje gång han gick in i bastun hälsade han vänligt på övriga bastugäster. Det är något med konversation i nakenhet som är svårt för vuxna män, så det var sällan någon som svarade pappa. Och varje gång pappas hälsning möttes av tystnad sa han förargat: ”Inget svar!” Och varje gång det hände höll jag och Calle på att kollapsa av skam och genans. Vi ville vända i dörren, men istället nickade vi ursäktande mot de skräckslagna bastugästerna och tassade in i mörkret. Men inte den här lördagen. Pappa hälsade artigt, möttes av tystnad och skrek som vanligt: ”Inget svar!” Calle svarade, med ännu högre röst: ”Svarar de inte?” Och jag röt genast: ”Vad är det för jävla skitstil!”

Så satte vi oss rakryggade på mellanbänken. En trio som höll ihop oavsett vilket. Det var patetiskt. Ömkansvärt. Men jag och Calle kände oss närmare pappa än någonsin.

”Kom ut till bilen och hjälp till att bära”, ropade mamma och då visste vi alla att något spännande var på väg att hända. En gång när hon ropade på det där sättet hade hon en liten hund i bagageluckan. Timmy hette den, han blev bara fyra år och dog i någon typ av leversjukdom.

”Ni måste komma alla tre”, kommenderade mamma nedifrån hallen och vi satte fart ner mot den blå 245:an. Pappa kom lufsande efter oss. Bagageluckan flög upp och där stod vi alla och huttrade i novemberkylan och rev och slet i brun kartong och vit frigolit. Plötsligt öppnade sig en lucka i plasten. Niklas ryckte till och där stod den – en ordbehandlare! Det var ingen dator, för sådana fanns inte. Och det var ingen elektrisk skrivmaskin. Det var en ordbehandlare. Det fiffiga med de här maskinerna var att man kunde ångra vad man just hade skrivit och korrigera bokstäverna innan man valde att skriva ut texten. Det var naturligtvis en revolution.

Paketet som den levererades i var stort som en likkista för barn. Dataskärmen liknade de första mikrovågsugnarna. Skrivaren såg ut som en hyvelbänk från skolan. Och mellan dessa öar av plast och metall: tjocka sladdar i gult och vitt. Det tog flera timmar att bära upp sakerna, hitta en plats för installationen och få den att fungera.

Men det var fantastiskt. Mamma skrev ”Jag heter Lisette Schulman” på skärmen och sedan skrev hon det igen men den här gången i kursiv stil. ”*Jag heter Lisette Schulman.*” Finesserna var ändlösa – hon skrev också ”**Jag heter Lisette Schulman**”, och kanske häftigast av allt ”Jag heter Lisette Schulman”. Jag, pappa, Calle och Niklas stod runt mamma när hon utförde sina trollkonster. Mamma tryckte på ”print” och skrivaren började väsa och smattra. Den arbetade intensivt med att producera dessa bokstäver. Till slut, efter några minuter, kom ett papper ut. Maskinen briljerade. Vi sa ”oj” och ”det var som fan” och ”herregud” och stod där och tittade häpet på utskriften. Mamma hade den där allvarliga blicken som sa ”det där var väl inget”, som om det var hon som var ingenjören bakom mästerverket. Som om hon suttit med kretskort, skruvmejslar och lödkolvar i en källare i tjugo år och nu ville visa upp vad hon arbetat med hela den här tiden.

Pappa hade skrivit på en och samma typ av Facit i hela sitt liv. Det är en tuff kamp, rent fysiskt. Man måste ta i för att få dit en tydlig bokstav på pappret. Man kan inte hålla på och dutta. Det gäller att vara bestämd, att omedelbart visa vem det är som bestämmer. Så hade pappa lärt sig att skriva. Han hamrade ner tangenterna som om de vore spikar som skulle ner i en grov planka.

Övergången till ordbehandlaren blev drabbande, både för pappa och ordbehandlaren. Han behandlade den där sköra bjässen som om den vore en Facit.

Tangenterna flög som cornflakes över rummet. Ibland när jag gick fram och tittade på apparaten efter att han använt den kunde man se att bokstäver saknades. Man kunde lätt hitta dem bakom bord och stolar i en radie av några meter omkring den. Varje gång tangenterna flög blev pappa vansinnig. Han skrev, pang pang pang, och när en tangent ven i luften vrålade han ”satans helvetes jävla skit” och fortsatte att skriva, med ännu större ursinne. Mamma rusade andfådd dit för att se vad som stod på.

”Men Allan! Sluta, sluta!”

”Va, sluta!?”

”Du trycker för hårt på tangenterna.”

”Men fan också, jag trycker som jag alltid gjort.”

”Ja, men det kan du inte göra. Du behöver knappt nudda tangenterna för att den ska uppfatta det.”

”Men det är ju ett jävla skit att den går sönder hela tiden.”

”Det är klart att den går sönder, du misshandlar ju apparaten.”

”Jag misshandlar inte! Jag skriver! Du ska inte lära mig hur man skriver.”

”Men Allan, skriver du på den där som du skriver på skrivmaskinen så går den sönder.”

”Ja, det är ju själva fan.”

”Är det själva fan?”

”Ja, det är själva fan. Den ska väl kunna hålla för att man trycker på den. Det är ju vad tangentbordet är byggt för. Man ska kunna trycka på det. Ett tangentbord ska väl för fan inte gå sönder bara för att man trycker på det.”

”Jaha. Ja ja, okej. Slå sönder det då, bara.”

”Nej, okej ... Jag ska trycka mer försiktigt.”

”Bra.”

”Men det är ju ändå själva fan.”

Efter några veckor tröttnade pappa och tog åter fram sin Facit, som han omsorgsfullt hade placerat högst upp i sin klädgarderob. Och snart hörde vi åter det mycket trygga ljudet av spikar som hamras ner i grova plankor.

En dag började pappa skriva sina memoarer. Jag visste inte vad det betydde och pappa förklarade att det var en bok där man sammanfattade sitt liv. Jag minns att jag tyckte att det lät både förvirrande och läskigt. Varför skulle pappa sammanfatta sitt liv? Var det slut?

Pappa varskodde oss barn om att han skulle vara tvungen att arbeta med det här under hösten och att han inte fick störas. Vi kunde höra hur det knattrade från morgon till kväll i hans arbetsrum. Ibland kom han ut och högläste för mamma som gav synpunkter, och han instämde i det mesta, sedan gick han in igen och knattrade vidare. Ibland avbröt han skrivandet och ringde någon för att kontrollera ett årtal eller en detalj, sedan lade han på luren och återgick till tangenterna. En sen eftermiddag, efter några veckors frenetiskt skrivande, kom pappa ner med en bunt papper i handen och sa: ”Nu är boken färdig.”

”Men Allan, du kan ju inte skriva klart en bok på några veckor”, sa mamma.

”Det kan jag väl visst! Det är ju precis det jag har gjort!”

Och det var precis vad han hade gjort. Mamma fick läsa manuset i sin helhet. De satte sig en kväll och hon levererade sina synpunkter och pappa korrigerade enligt mammas förslag innan boken skickades till förlaget för tryck. De firade samma kväll genom att dricka champagne och äta rysk kaviar. Jag fick inte smaka kaviaren eftersom den var väldigt, väldigt dyr.

Efter någon månad kom boken tillbaka från tryckeriet. Pappa var mycket uppspelt när han slet upp den bruna kartongen med författarexemplaren. *Här är mitt liv* hette den, titeln var en anspelning på teveprogrammet Här är ditt liv, Lasse Holmqvists teveprogram. Omslaget pryddes av en bild på mamma och pappa gående på en strand. Pappa bär badbyxor och mamma en bikini. ”Varför skulle du välja den bilden, jag ser ju så fasansfull ut i den där bikinin”, sa mamma. ”Men du är ju så söt på den bilden. Det var därför jag valde den”, sa pappa. På omslaget fanns också några mindre bilder. En på Lennart Hyland, en på pappa tillsammans med någon av Cartwrightbröderna, en bild på Zarah Leander där pappa smyger i bakgrunden och så en bild på Niklas och mig. Vi är utklädda till troll i samband med en barnpjäs som pappa satte upp. Vi äter glass och pappa, utklädd till trollfar, står och räcker ut tungan i mitten av bilden.

Pappa gav mig ett eget signerat exemplar av boken. ”Till min käre son Alex från förf.”, skrev han.

”Varför skrev du förf?” frågade jag.

”Jag har alltid velat skriva en bok och signera den så. Lite så där avslappnat, som om jag inte gjort annat i livet än att skriva böcker.”

Jag läste den samma kväll i sängen. Det var en bok fylld av anekdoter från förr. Många dråpliga historier som hade att göra med tevepersonligheter som jag inte kände till i sammanhang som var mig främmande. Och så lite allvar, med någon text om hans pappa och mamma och betraktelser från hemskheterna under finska vinterkriget. Längst bak fanns ett namnindex, där man kunde hitta alla personer som fanns nämnda i boken. Jag letade fram mitt eget namn. En träff, på sidan 167:

”Och så Alex, mellanbarnet. Han säger att han vill bli fotbollsproffs. Och när jag ser hans enorma viljestyrka så tänker jag: Ja, vem vet?”

Det var allt. Pappa hade skrivit en bok om sitt liv och jag fanns nämnd på två rader om mina möjligheter att bli fotbollsproffs. Inga lyckoutgjutelser från BB, inga beskrivningar av vilken bedårande liten krabat jag var som bebis. Två rader var allt jag fick. Någon vid namn Sigge Fürst var nämnd på tolv olika ställen. Lennart Hyland på trettiotre ställen. Men jag bara på ett.

Vid middagen frågade pappa om jag hade läst boken. ”Ja, det har jag”, svarade jag kort. Jag surade resten av dagen. Ville inte äta någon mat och höll mig på rummet. Morgonen efter konfronterade pappa mig. Jag och han var de enda som var vakna och vi ställde oss för att breda mackor i köket.

”Berätta nu vad det är som du är så arg på.”

Det tog en stund, men till slut fick han det ur mig.

”Jag är knappt nämnd i din bok.”

”Memoarerna?”

”Du skriver om hela ditt liv, boken heter till och

med *Här är mitt liv*, men jag finns bara med på två rader.”

”Men älskade vän”, sa pappa och satte sig ner vid köksbordet. Sedan förklarade han att det var en bok som främst handlade om hans liv i teve. Det handlade varken om mig, Niklas, Calle eller någon annan av hans barn. Det var en memoarbok som kretsade kring hans teveminnen. ”Den dagen jag skriver en bok om dem som jag älskar mest på jorden kommer du att vara nämnd på tusen ställen”, sa han.

Och då kunde jag inte låta bli att le.

”Vänner?” frågade han.

”Vänner”, sa jag.

”Vill du se en hemlighet?”

”Vadå?”

”Kom hit.”

Han vinkade fram mig till brödrosten där ett bröd just hade hoppat upp.

”Visst kan det vara gott med vanligt rostat bröd, som det här. Men det finns ett sätt att göra det ännu godare.” Pappa tog fram en skiva Skogaholmslimpa och bredde på mycket smör. Sedan stoppade han smörmackan i rosten och tryckte ner. Jag trodde knappt att det var sant.

”Så där får man inte göra”, sa jag.

”Nej, det får man inte. Men du ska se...”

Brödet hoppade upp efter någon minut, ljuvligt, krispigt smörstekt. Han räckte över mackan till mig och sa: ”Varsågod.” Jag hade aldrig smakat något godare i hela mitt liv.

”Gott, eller hur?”

”Ja, väldigt gott.”

”Jag vet. Men det där säger vi inget om till mamma.”

Det förblev vår hemlighet. Vi sågs om morgnarna, tittade oss omkring och rostade bröd med smör under största hemlighet. Inte ens Calle eller Niklas fick veta något om det. Men vårt nöje tog slut ganska snart. Rosten gick sönder av allt smör som rann ner i maskineriet. Mamma undersökte den noga. ”Det är något gegg här i botten. Vet ni vad det är för något?” frågade mamma.

Pappa satt och läste tidningen. ”Inte en susning.”

Mamma tittade på mig.

”Alex?”

”Nej, jag vet inte.”

Det var alltid speciellt att vara på långväga bilresor med pappa. Jag tyckte om att vara ensam med honom i hans blåa Volvo. Jag fick sitta fram på den plats där mamma brukade sitta. Där kunde jag mixtra med radion, om pappa ville lyssna på P1 så ordnade jag den saken omedelbart. Han var bilens kapten och jag var dess styrman. Min uppgift var att se till att pappas resa blev så behaglig som möjligt. Om pappa ville dricka lite mineralvatten så öppnade jag korken och räckte honom flaskan så att det inte skulle störa hans bilkörning. Om han ville ha en Dextrosol avlägsnade jag pappret så att han slapp bry sig om den saken. När vi skulle parkera eller backa eller göra något annat avancerat var jag ansvarig för höger sida av bilen. Jag vevade ner rutan ända längst ner, för det kunde man göra där fram, och spejade efter faror. ”Här är det fritt”, ropade jag innan pappa valde att fortsätta.

Vi körde på en monoton motorväg utan intryck och hade timmar av bilkörning framför oss, därför roade vi oss med att leka bokstavsleken. Det var pappas uppfinning, den gick ut på att vi skulle bilda ord av mötande bilars registreringsnummer. ALG blev ”aldrig”, eller ”alger”, eller ”Algeriet”. ”SLL” blev ”snäll”. Pappa vann alltid, men det hände att han berömde mig för min fantasifullhet när jag kom på ett fiffigt ord.

Vi stannade på en mack och köpte godis och kvällstidningar. Pappa bad mig högläsa nyheterna och jag läste om allt från politik till sport och de gånger jag läste om något spektakulärt mumlade pappa: ”Det var som fan.” Jag tyckte om det där, det kändes som om jag spelade en viktig roll i pappas liv. Jag var hans nyhetskälla, en informationsminister utan vilken pappa inte fick höra om vad som hänt i världen idag.

Vi var på väg hem från Småland där vi hade köpt livs levande kräftor. De kröp omkring på varandra i en kartong i baksätet och då och då tittade jag till dem för att kontrollera att ingen smet över kanterna.

”Hör du hur de låter när de kryper omkring”, sa pappa.

”Ja, det låter som när man äter banan”, sa jag.

Pappa skrattade.

”Det har du faktiskt rätt i. Det låter som när man äter en banan.”

Pappa älskade skaldjur i alla dess former, men mest älskade han kräftor. Redan i juni började han prata om kräftpremiären i augusti och gjorde upp planer för den. Han hade ett av Sveriges bredaste nätverk när det gällde kräftfiskare i Mellansverige och brukade ringa och kohandla när det blev dags att göra sommarens inköp. Ibland köpte pappa kräftor i butik, men oftast valde han att köpa dem levande och koka dem själv. ”Då vet man att de blir exakt som man vill ha dem”, sa han.

Den här gången hade vi köpt på oss extra mycket.

Tio kilo svenska flodkräftor låg och smaskade mot varandra där bak. Pappa sa att det var bråttom hem, för man ville inte att kräftorna skulle avlida där de låg. Det var av yttersta vikt att man lade ner dem levande i det kokande vattnet, annars var man tvungen att kasta dem. Det var alltså en kamp mot klockan och pappa sa ”fan” vid varje vägarbete som tornade upp sig på vägen.

Omedelbart när vi kom hem hällde pappa kräftorna i ett badkar fyllt med kallvatten, därefter började koket. Det var mycket viktigt med saltmängd och dillmängd, men framför allt var det viktigt att rätt antal kräftor hamnade i rätt antal grytor. Om jag försökte prata med pappa när han räknade dem skrek han ”helvete, nu kom jag av mig” och så fick han börja om. Han kokade dem med tidtagaren på bröstet, som en fotbollstränare, och placerade dem sedan i små lådor som han noga märkte med underliga siffror och frös in så att de skulle räcka långt in i november. Det var först när allt var paketerat och klart som pappa kunde slappna av. Han gav mig en kram och sa:

”Det här ska du lära dina barn en dag i framtiden.”

Jag svarade att jag ville att han skulle lära mina barn det och då skrattade han bara till alldeles kort.

Samma kväll hade vi kräftpremiär med hela familjen. Pappa hade dukat bordet i rött. Röd bordsduk, röda tallrikar, röda servetter, röda knivar och röda ljuslyktor i taket. Vi hade alla bytt om till lite finare kläder, för det här var en speciell kväll. Vi satte oss till bords och pappa kom ut från köket med ett enormt fat i handen.

”Får jag lov att presentera – familjen Schulmans egenkokta flodkräftor.” Mamma ropade ”bravo”, sedan kunde kräftfesten börja.

Jag var förmodligen Sveriges mest framstående tioåring när det kom till kräftkunskap. Pappa hade lärt mig allt om dem och jag kunde utan vidare rabbla fakta om någon bad mig. Han hade lärt mig varför man inte ska äta kräftor i juli trots att det smaklöst nog kunde hända att det då fanns tillgång till dem i butik – för att dillen inte har växt till sig tillräckligt under juli månad och att kräftorna därför får en platt smak. Han hade lärt mig hur man ser på en kräfta om den avlidit redan innan man stoppat ner den i den kokande baljan – stjärten är inte böjd, utan rak. Han hade lärt mig hur man ser på en kräfta om det är en hona eller hanne – det sista benparet saknas på honor. Framför allt hade han lärt mig hur man äter dem. Jag kunde redan tänka föraktfulla tankar om vuxna människor som stoppade in hela kräftklor i munnen och bet sönder dem för att komma åt köttet. Pappa hade visat exakt hur man håller kniven rätt mot tummen när man kapar klorna på dem, han hade lärt mig var man suger och var man biter och var man bara nafsar. Han hade lärt mig hur man skrapar insidan av skölden med knivspetsen och där finner kräftsmöret.

Jag var helt enkelt väldigt duktig på att äta kräftor. Men jag var aldrig i närheten av pappa. Han var en mästare. Han dissekerade kräftorna. Pulvriserade dem. När han var färdig såg hans tallrik ut som en massgrav av mycket små kräftkroppsdelar utspridda överallt. Pappa lämnade inte en mjukdel åt slumpen. När jag ansåg mig vara färdig med min tallrik ville han kontrollera den. ”Får jag ta en titt på din tallrik”, sa pappa. Sedan satte han igång och letade skatter i små gömmor som jag hade missat. ”Titta här vad du missade”, brukade han säga och visa upp kräftkött på kniven. ”Vill du verkligen inte ha den här biten”, frågade han, men det ville jag inte.

Det godaste på kräftan var rommen. Så fort någon hittade rom i sin kräfta kunde man höra ”Rom” utropas över bordet och då svarade alltid någon ”oj”, som i en bingohall. Pappa kallade rommen för det röda guldet. Han visste att mamma älskade rommen och så fort han hittade det i en kräfta lämnade han omedelbart över den till henne. ”Puss”, sa mamma och pappa gick över till nästa kräfta.

Pappa var mycket belåten med koket. Perfekt smak av både salt och dill. Och kräftorna var varken besvärligt hårda eller obehagligt mjuka. Vi åt i många timmar. Mamma gillade upplägget, för det innebar att hon kunde ta rökpauser mitt i måltiden. Jag lade vantarna på den största kräftan som fanns på hela fatet. Den hade klor som bara var marginellt mindre än mina egna händer. Jag gjorde precis som pappa lärt mig och åt upp allt, utom den fantastiska stjärten som jag grävde ner i mitt berg av kräftskal. När jag skulle bära ut fatet sa pappa naturligtvis ”får jag ta en titt på din tallrik”, och inledde sedan sitt kliniska arbete. Dissekerade kräfta efter kräfta in i minsta beståndsdel. Plötsligt såg jag hur han gjorde stora ögon. Petade undan ett kräfthuvud åt höger och resterna av en klo till vänster med sin kräftkniv. Sedan plockade han upp kvällens största stjärt och höll upp den mellan tummen och pekfingret. ”Alex”, ropade han. ”Herregud. Titta här vad du missade!” Hans ögon glittrade. ”Det här är den största stjärt jag sett. Hur kunde du missa den, Alex?”

”Jag missade den inte. Jag gömde den där.”

”Gömde den?”

”Den är till dig.”

”Nähä.”

”Jo. Den var så stor. Jag ville att du skulle ha den.”

Pappa skrattade och såg lyckligt på stjärten, sedan stoppade han den i sig. ”Vilken stjärt…”, mumlade han och tuggade.

Jag kan fortfarande se honom framför mig. De stora ögonen och den häpna blicken när han upptäckte stjärten. Och det lyckliga leendet när han insåg att den var menad till honom.

Söndag eftermiddag och en känsla av absolut tristess. Mamma satt i köket och löste korsord och drack kaffe. Hennes läppstift hade bildat en ljusröd läpp på kaffekoppens kant. Ibland aktiverade hon oss genom att skicka iväg oss till uppslagsverket för att hjälpa henne med någon korsordsklurighet. "Huvudstaden i Zaire, åtta bokstäver", sa mamma och Calle satte av mot biblioteket och kom andfådd tillbaka efter en stund och ropade: "Kinshasa!" Mamma fyllde i bokstäverna och mumlade: "Bravo."

Pappa kom ut ur arbetsrummet, ställde sig vid dörröppningen och började tala tyska med mamma. Magkittling. Tyska var mammas och pappas kodspråk så fort de inte ville att vi barn skulle förstå vad de pratade om. Det innebar hemligheter och överraskningar. Jag hade förstått att "kinder" betydde barn, men inte mer än så. Varken mamma eller pappa kunde språket särskilt bra, glosorna följde på varandra efter långa eftertänksamma pauser och vi barn väntade spänt och till slut sa pappa: "Nä, hör ni barn, jag tror vi ska ta en tur med bilen." Vi flög upp ur våra stolar. Stor brådska att hitta vänsterskon som passade till högerskon ute i hallen.

Färden gick mot stan, pappa och mamma där fram och tre vattenkammade barn i sina bästa kläder där bak. Vi åkte Hamngatan fram och mamma pekade mot NK-klockan och sa att det där var Sveriges största klocka och vi sa ”oj”. Vidare ner mot Norrlandsgatan. Pappa sa för sig själv, men lite för högt: ”Nu ska vi ta vänster här.” Men när vi kom till korsningen svängde vi inte åt vänster, utan åt höger. ”Vad är det som händer”, skrek pappa och låtsades streta emot med ratten. ”Bilen vägrade svänga vänster! Det var det underligaste jag varit med om.” Jag, Calle och Niklas tjöt av förtjusning där bak. En magisk bil! Pappa hade börjat muttra där fram. ”Det var ju fan att den här bilen inte gör som man säger. Men nu ska vi verkligen svänga vänster.” Och så korsningen vid Strömmen – bilen svängde höger igen! Pappa skrek: ”Helvete! Den här bilen kan bara svänga höger!” Mamma log och ropade: ”Herregud, det kan ju vara farligt.”

Så en bit upp mot Operan skrek pappa igen: ”Nu svänger den till höger av sig själv igen!” Och plötsligt var vi utanför Café Opera, där de hade sesamknäckebröd som jag älskade och världens godaste hamburgare. ”Jaha”, sa pappa dystert när han parkerat bilen. ”Vi verkar inte ha något val. Vi får väl äta här då.” Jublande kastade vi oss ur bilen.

Efter middagen frågade mamma och pappa om vi inte ville hyra en film. Det tillhörde inte vanligheterna. Vi slamrade in på en videobutik och sprang runt mellan hyllorna. Alla vi bröder var överens – vi ville se *Herbie*, filmen om bilen som fick liv. Mamma och pappa var inte roade. De ville att vi skulle titta på *Sound of Music* tillsammans.

”Nej”, skrek Calle.

”Den verkar skitttråkig.” Jag och Niklas höll med.

”Men, hör ni, det är faktiskt en klassiker”, sa pappa.

”Det är en av världens bästa filmer”, sa mamma entusiasmerande.

Men vi vägrade. Vi ville se *Herbie*.

Till slut tappade mamma och pappa tålamodet. ”Då blir det ingen film över huvud taget”, sa pappa. Därefter lämnade de butiken och satte sig i bilen. Vi stod kvar en stund, förvirrade. Bilresan hem skedde under fullständig tystnad.

Midsommarafton, 1997

En gnistrande vacker dag på torpet. Så vindstilla att inte ens asparna orkade rassla där borta vid båthuset. Det var förhållandevis myggfritt efter ett regnväder under natten. Ett regnväder som också hade gjort planen frisk och fuktig, men inte hal. Perfekta förutsättningar för Coca-Cola Cups tionde årgång. En tävling som dessutom var fylld av mer prestige än någonsin. Pappa hade psykat oss i flera dagar. "Det vore väl pinsamt om ni inte satte alla fem bollarna i mål på en sjuttiosjuårig farbror som mig. Det vore väl lite genant, kanske. Eller vad säger ni, pojkar?"

Jag hade köpt nya fotbollsskor som skulle premiäranvändas under Coca-Cola Cup, ett par Adidas Panther med dobbar som gav ett osannolikt bra fäste i gräset. Calle hade skottränat i smyg. Han trodde att han var oupptäckt, men det var han inte. Han sa att han skulle ta en promenad bort till dammen, men jag misstänkte genast något när jag såg att han hade fotbollsskorna på sig. Så jag följde efter honom och kunde se hur han stod och prickskör mot en av ladans väggar på andra sidan tomten.

Vi gick i samlad tropp ner mot fotbollsplanen. Pappa med plastbollen i ena handen och artonpacket med Coca-Cola i den andra. "Få se nu då, om dina nya skor hjälper dig", ropade han och gjorde sig beredd för första omgången.

Det gjorde de. Jag satte den första straffen med ett distinkt skott i högra hörnet. "Väl skjutet", sa pappa och plockade fram cola-burken. "Vill du att jag ska skjuta lösare nästa gång?" frågade jag pappa men han valde att inte ens svara på den tråkningen. "Näste man", ropade han och så var det Calles tur.

Vi hade en ny målbur. Den förra var för bred och pappa kunde inte längre röra sig i sidled särskilt bra. Det nya målet var lite högre och smalare än förut. Pappa kunde stå mitt i målet och med ett enda steg nå ut med händer eller fötter mot stolparna.

Efteråt var pappa trött och behövde vila lite före midsommarlunchen. Innan han gick upp på rummet tog han fram kalendern och skrev:

Coca-Cola Cup, tionde årgången
Niklas: 1 Coca
Alex: 3 Coca
Calle: 2 Coca

Samtalen med Leo fortsätter. Vår ömsesidiga relation har utvecklats. Jag sitter inte lika mycket på spänn som jag en gång gjorde. Det är en trygghet att vara här. Det är inte uttalat från vare sig min eller Leos sida, men samtalen kommer allt mer att handla om pappa. Leo trevar sig fram under vår timme, gör nedslag i några nutida banaliteter, men landar alltid hos pappa när vi har trettio minuter kvar.

"Hur tacklade du att du hade en gammal pappa?" säger Leo.

"Hur jag tacklade det?"

"Ja. Var det jobbigt när du var barn?"

"Nej, det tror jag inte. Jo, ibland, kanske."

"När då?"

"De höll ju på att jävlas med en hela tiden i skolan. Det har man nästan glömt bort, men klimatet i skolorna var väldigt hårt. Man försökte hela tiden att hitta varandras svagheter och när man hittat dem släppte man aldrig taget om dem. De var väldigt elaka mot mig ibland."

"Vad gjorde de då?"

"De retade mig för att jag var färgblind och för att jag stammade och för att jag hade utstående tänder. Allt det där var okej. Eller: jag kunde hantera det. Men när Peter kom på att min pappa var gammal blev det något annat."

"Vad hände?"

"Min lärare LG kom in i klassrummet efter en lunch och ropade: 'Har ni sett att vi har en kändis i klassen?' Han höll upp en Hänt i Veckan. Jag och pappa hade gått på galapremiären av *Karlsson på taket* och vi fanns med på en av vimmelbilderna. LG lät tidningen vandra mellan bänkarna, så att alla kunde se bilden. Det blev stor uppståndelse kring denna bild. Jag var mycket mallig och lade noga märke till ansiktsuttrycken hos var och en i klassrummet när de fick se uppslaget. Tidningen hamnade till slut allra längst bak i klassrummet. Där satt Sebastian, Leo och Peter. En läskig trio som tillsammans bildade en ondskans axelmakt. Peter tittade på bilden i en sekund och sedan skrattade han högt. 'Jävlar, vad din farsa är gammal! Han ser ju för fan ut som ett russin i ansiktet!' Peter höll upp bilden för de andra. Och så skrattade han och alla som var rädda för Peter skrattade med. LG skrek från katedern att de skulle sluta med dumheterna, men det gick inte att stoppa. Peter fortsatte att ropa att pappa var ett russin."

"Hur reagerade du då?"

"Jag blev vansinnig. Helt galen. Började slåss vilt. Och det var bara idiotiskt, för Peter såg att provokationen fungerade och fortsatte. Han frågade: 'Hur är det med russinfarsan, då? Har han dött än?' Sådana saker. Och det var bara början. När de andra i klassen insåg vilken effekt Peters ord hade, så började alla med det där sen."

"Talade du med pappa om det här?"

”Nej.”

”Varför inte det?”

”Jag vet inte. Jag ville inte göra honom ledsen.”

”Skulle han ha blivit ledsen om du berättat det, tror du?”

”Det är väl klart att han skulle ha blivit ledsen om han fick höra att någon kallade honom russinfarsa.”

”Men du var ju ledsen också. Du behövde kanske hans tröst.”

”Ja … Jag vet inte.”

”Det jag menar är att det är en pappas uppgift att beskydda sitt barn. Det är inte ett barns uppgift att beskydda sin pappa.”

”Nej.”

”Och jag tror att det kan ha blivit lite skevt då, om du gick runt och beskyddade honom från otäcka saker. Jag menar, du var ju ett barn.”

”Ja.”

”Du blev pappa till din pappa.”

”Hur menar du?”

”Ja, att du hade en gammal pappa som redan när du var ung blev väldigt svag och det innebar att rollerna er emellan blev ombytta. Du fick ta hand om honom.”

”Ja, så var det ju.”

Leo gör en anteckning i sitt block. Han ber mig tänka efter. Kommer jag ihåg andra tillfällen i min barndom då jag fick ta hand om pappa?

”Ja, det hände ju hela tiden. Men det är ju ingenting konstigt eller onormalt med det. Det är klart att en son tar hand om sin åldrande far.”

”Absolut. Men det är inte normalt om han tvingas göra det när han är sju år gammal.”

”Nej.”

”Vilken sjuåring är redo för en sådan uppgift egentligen?”

”Nej, det är klart.”

”Om du tänker tillbaka, hur ofta var din pappas ålder ett problem för dig?”

”Det var inte så ofta, tror jag. Det är mest nu.”

”Hur då?”

”Nu när han är död. Det är ett problem i vår far-son-relation.”

Tystnad

”Hur ofta tänkte du på att han var gammal?”

”Jag minns att jag brukade åka hem till min kompis Kenneth efter skolan. Han hade en pappa som alltid var hemma. Han kanske var arbetslös. Så fort vi kom dit började han skojbrottas med Kenneth. Han lyfte upp honom, svängde runt honom och kastade honom i soffan. Jag var avundsjuk på det, minns jag. Min pappa har aldrig skojbrottats med mig. Så länge jag kan minnas har jag insett vikten av att vara varsam runt pappa. Att behandla honom försiktigt.”

”Du skulle ha velat skojbrottats med honom?”

”Ja. Det tror jag. Det såg otroligt roligt ut, minns jag.”

Leo dricker ur sin kaffekopp och sörplar som ett barn. På väggen ovanför mitt huvud finns en väggklocka. Leo kastar en blick på den och dyker sedan ner i sitt block. Han gör det snabbt och elegant, men jag märker det nog. Vi har inte många minuter kvar nu.

”Du sa tidigare att du väljer bort att tänka på din pappa.”

”Ja. Och jag inser att det är lite konstigt… Att det är ett problem.”

”Det är inget problem. Det är en möjlighet.”

”Ja. Hur man nu väljer att uttrycka det.”

”Jag skulle vilja att du närmade dig din pappa och minnena av honom på ett annat sätt. Vi ska göra det här lite omvänt, tänkte jag. Jag vill att du tvingar dig själv att tänka på honom.”

”Varför ska jag göra det?”

”Jag tror att du har mycket som du behöver gå igenom med dig själv. Men du tillåter det inte.”

”Så jag ska tvinga mig själv?”

”Ja.”

”Hur ska det gå till?”

”Det är upp till dig.”

Redan innan jag hunnit sätta mig på min moped för att börja färden tillbaka till jobbet har jag bestämt mig för hur jag ska gå till väga.

Mamma berättar att pappas arkiv finns kvar orört i det skick pappa lämnade det när han dog. Jag reser till Farsta och det är först när jag står framför det som jag förstår hur stort det är. De sju stora skåpen som täcker en hel vägg i pappas arbetsrum. Jag öppnar ett av dem och möts av travar med gråa mappar som alla bär hastiga indexeringar i högra kanten. Kvitton, biljetter, vykort, fakturor, kvittenser, kontrakt, manus, häften, stenciler, teckningar och broschyrer. Det fanns inte en lapp som pappa tyckte var för obetydlig för att sparas.

Allting i våra liv som kunde fästas på papper finns i de här skåpen. Och dessutom mycket annat, saker som bara en excentrisk man skulle välja att spara på. Jag hittar anteckningar om den perfekta koktiden för ägg. Pappa ville ha dem mycket löskokta. Han ville till och med att vitan skulle vara rinnig. Jag minns hur han stod med tidtagare på bröstet och tittade ner i kastrullen. En blick på klockan, en blick på kastrullen, en blick på klockan igen och så tog han undan kastrullen och sköljde äggen i kallt vatten exakt på den sekund han hade bestämt. Sedan åt han äggen och gjorde anteckningar om saken på ett papper. Som han arkiverade. Varför gjorde han det? Jag minns alla bråken om de här mapparna. Mammas irriterade röst, när hon upptäckt att pappa faktiskt avsåg att spara samtliga nummer av tidningen Röster i Radio & TV: ”Men Allan... Ska du verkligen spara det här?” Och pappas snäsiga svar:

”Självfallet ska jag göra det.”

”Och när tänkte du att du skulle använda det?”

”Det är ju därför man har ett arkiv. Man vet aldrig när det kommer till användning. Men till användning kommer det, förr eller senare.”

”Om du skulle bli nyfiken på vad som gick på teve den 21 juni 1982 klockan 16.30?”

”Just det!”

”Men, Allan...”

”Jag har sparat den här tidningen sen den kom. Vartenda nummer ligger här. I datumordning. Och det tänker jag fortsätta att göra.”

”Det är ju dumheter.”

”Du är dumheter!”

Sedan smäll i någon dörr och pappa som säger ”satans helvetes jävla skit”.

Jag undersöker arkivet med exakt samma försiktighet som jag vidtog på den tiden pappa levde. Man fick titta på allt, bara man satte tillbaka det exakt på den plats där man tog det. Jag upptäcker att Röster i Radio & TV inte är den enda tidning pappa sparade på. Här finns också samtliga nummer av den amerikanska branschtidningen Variety. Här finns programbladet till varenda musikal pappa sett i hela sitt liv. Jag tror han sett allt, de tar upp två hyllrader. Framför allt finns här programmet till *Spelman på taket* på Broadway, en musikaluppsättning som pappa tyckte var den bästa han någonsin sett. Här finns dikter som jag skrev när jag var tolv år gammal. Pappa har arkiverat dem under rubriken ”Alex första dikt, sept -88”. Här finns pappas egen roman *Yamel*, som blev refuserad så många gånger att han till slut gav upp. Här finns hans eget journalistliv arkiverat. Krönikor under signaturen ”X-Man” i Helsingforsposten från 1942. Här finns manus för alla Hylands Hörnor han någonsin producerat. Körschema till allt från Sköna söndag till 10 000-kronorsfrågan. Här finns samtliga tidningsklipp som familjen Schulman figurerat i från sjuttiotalet och framåt. Jag tittar igenom dem och oavsett om det är Året Runt, Hemmets Journal eller Allers som gjort intervjun så är upplägget alltid detsamma: En bild på gamle pappa tillsammans med unga mamma och tre små barn som sitter där och ser bedårande ut, och rubriken: ”Mina barn håller mig ung”. Samma sak, i tidning efter tidning.

Här finns alla teckningar och målningar som jag, Calle och Niklas någonsin gjort. I mappen ”Alex första novell, januari -85” hittar jag en saga som heter *Jordgetingarna anfaller*, som jag både bildsatt och skrivit. Den är usel, även för att vara skriven av en tioåring.

Pappa har sparat samtliga sina fickkalendrar från 1972 och framåt. De står i en prydlig rad längst ner i en av hyllorna. Svart läder och guldtryck med kalenderns årtal. Jag öppnar 1980 års kalender. Kladdiga anteckningar om möten från morgon till kväll skvallrar om ett upptaget liv. Några sociala anteckningar. ”Kräftskiva hos Rudenskiölds” och ”Bambi på middag". Vid varje datum har pappa också antecknat väder och temperatur för den aktuella dagen. Den 18 juli 1980 var det "21 grader och växlande molnighet". Jag kontrollerar hela kalendern. Pappa har inte missat att dokumentera vädret en enda dag. Jag öppnar kalendern för år 1995. Här finns inga möten inbokade, pappa är pensionerad. Sidorna är tomma, men väderrapporterna återkommer troget vid varje datum. Den 7 mars var det "2 grader och snöblandat regn". Jag tar fram 1976 års kalender och söker upp min egen födelsedag. Där står: "0 grader och sol." Och alldeles under: "Lisette födde en son på Lunds Lasarett." Så typiskt pappa.

Jag öppnar en mapp som pappa döpt till "Julen -86". I den finns endast tre papper. På den ena läser jag längst upp: "LAHTIS". Jag minns det där. Det var längdskidåkning på teve. Pappa satt med ett tidtagarur i handen och stirrade intensivt in i teveskärmen. Jag satt bredvid och läste Kalle Anka. Jag var inte intresserad av längdskidåkning, men ville vara med pappa. Bosse Hansson sa: "Jaha, hörrni... Han borde nog komma över krönet nu. Om han fortfarande ska vara i ledningen vid nästa mellantid så borde han komma över krönet nu..." Sedan tystnad, bjällror och glada åskådare runt spåret som säger "höpp-höpp-höpp-höpp" och så till slut, Bosse Hansson i falsett: "Där är han!" Pappa kastade en blick på sitt tidtagarur och sa "oj". Så kom Gunde Svan fram mot mellantidsplatsen och klockan stannade på 1.01.45 och Bosse Hansson: "En noll en fyrtiofem, det är tre sekunder bättre än finnen" och pappa dök ner i sitt anteckningsblock och antecknade den exakta tiden en noll en fyrtiofem. Det brände till. Bosse Hansson ropade: ”Och då ska vi se hur finnen svarar på det här” och pappa tittade ner i blocket och gjorde någon randanmärkning. Och så kom en tabell fylld av nationsflaggor, namn, timmar, minuter och sekunder på skärmen. Pappa stämde av, tittade på tidtagaruret och strök vissa uppgifter som blivit felaktiga i all hast.

”Pappa...”, sa jag.

”Tyst”, sa pappa och höjde en hand rakt upp i luften och höll den där, stilla. Nya mellantider hade kommit in och pappa antecknade.

”Pappa...”, sa jag.

”Nämen, fan! Du måste vara tyst nu!”

Jag gick förorättad mot mitt rum. Jag smällde igen dörren efter mig, porslinet i fina skrythyllan skallrade och pappa skrek ”satan, helvetes ungjävel”.

De övriga två lapparna – en maskinskriven lapp med hålltider över julen och ytterligare en lapp som är otydbar. Den är skriven med bläck, men har fläckats ner på sådant sätt att det inte går att uttyda annat än de sista orden:

Bara du inga andra män lockar
med dessa dyra droppar.

Plötsligt minns jag julafton 1986.

Jag och Calle vaknade alldeles för tidigt den julaftonsmorgonen. Det var fortfarande svart ute, klockan kan inte ha varit mer än sex på morgonen. Vi tassade upp och visade prov på den typ av indianexpertis som man lär sig bara om man har en lättväckt, lättirriterad och morgontrött mamma. Det var som om vi spelade ett parti plockepinn med våra egna kroppar. Vi visste exakt vilka plankor i parketten som knarrade och undvek dem noga. Vi saxade fram på golvet, jag först och Calle i mina fotspår. Dörren var det första allvarliga hindret. Jag tog tag i handtaget, drog dörren först inåt mot dörrkarmen för att sedan trycka nedåt. På så sätt undvek jag det klickande ljudet. In i hallens absoluta mörker och sedan på tårna förbi mammas och pappas rum. Den isande känslan av skräck när jag trampade på en boll som rullade iväg i mörkret och landade mot en vägg. Vi stod stilla, lyssnade efter irriterade vuxenkroppar som vände sig i sängen. Vi pratade inte med varandra. Viskade inte ens. Vi kommunicerade genom att teckna som vildar och försökte bilda ord genom att bara röra läpparna. Två mimare i samspråk i natten.

Vi gick in i köket och undvek rutinerat att stöta i den höga tröskeln med tårna. Så drack vi mjölk, men Calle tappade koncentrationen för ett ögonblick och satte ner glaset på sådant sätt att det tippade över och föll ner i diskhon där det dessutom redan stod ett glas.

Sedan hände allt mycket fort. Mammas fötter landade med kraft på sovrumsgolvet. Några snabba steg och PANG, sovrumsdörren flög upp och så ljudet av mammas hälar mot golvet. Vi stod som förstelnade i mörkret, mullret från hälarna kom närmare och ett ögonblick senare bländades vi av att mamma tände lampan. Där stod hon i ett nattlinne som fortfarande fladdrade av den höga farten. ”Vad i helvete gör ni uppe så här tidigt, klockan är sex på morgonen, vad fan är det frågan om?” Hon skrek okontrollerat. Jag försökte svara att vi ville dricka mjölk, men mamma avbröt: ”Ni ska sova som alla andra och vakna som alla andra klockan nio. En sak ska ni veta: Jag kan göra det här till en julafton som ni aldrig kommer att glömma!”

Vi sprang till vårt rum och passerade pappa som vaknat av all uppståndelse. ”Vad står på?” frågade han sömndrucket. ”Ungarna är uppe och leker och klockan är sex på morgonen och det är julafton och jag skulle gärna vilja sova lite till, tack så mycket”, skrek hon. Pappa viskade ”ruhe, ruhe” på deras gemensamma kodspråk. ”Det tänker jag inte alls vara”, skrek mamma och gick tillbaka till sovrummet och smällde igen dörren. ”Jag blir tokig”, hörde jag henne skrika där inne innan hon tystnade.

”Gå och lägg er igen”, viskade pappa till oss och gick åter in i sitt sovrum.

Vi låg i våra sängar och tittade upp i taket och insåg att den här dagen just hade blivit mycket skör. ”En julafton som ni aldrig kommer att glömma”, hade mamma sagt och även om vi inte förstod den exakta innebörden så insåg vi att det var ett dåligt omen.

Klockan nio kom pappa in och satte sig på sängkanten. ”Vi måste vara extra snälla mot mamma nu. Inte göra henne upprörd igen. Nu är det julafton och vi ska ha det trevligt”, sa han och vi nickade. ”Lovar ni det?" frågade pappa och vi nickade igen. Sedan tog vi på oss våra morgonrockar och gick upp och kramade mamma som inte riktigt hade släppt irritationen. Men nästan.

Ju större högtid, desto mer minutiös var pappas planering. Inför julafton lade han upp ett minutbaserat schema som han skrev ut på Facit-maskinen och sparade i bröstfickan under hela dagen. Då och då tog han fram det, studerade hålltiderna och gjorde någon anmärkning på pappret om förseningar eller oväntade händelser. Frukost med lussekatter och varm choklad vid brasan, klockan 09.00. Julgudstjänst i kyrkan, 11.00. Julbastu, 13.00. Hjälpa mamma med maten, 14.15. Kalle Ankas jul, 15.00. Och julmiddag, 16.30.

Jag, Calle och Niklas var uppklädda i kortärmade vita skjortor och röda manchesterbyxor som mamma lagt fram på våra sängar dagen innan. Pappa bar en folkdräkt och mamma en röd, julig klänning. Innan vi började äta knäppte vi våra händer och bad en bordsbön, "Gode Gud välsigna maten amen".

På bordet fanns prinskorvar, Edamerost på knäckemacka, sill på farmor Tyynis vis, griljerad skinka, köttbullar, bräckkorv, mumma, iskall snaps till mamma och pappa och julmust till oss barn. Vi gick i oregelbundna vändor till köket för att hämta mer mat. Det var en middag som drog ut på tiden. Pappa hade planerat att den skulle vara i över två timmar.

"Då är alla barn och mamma välkomna in i mörka rummet", sa pappa till sist. Han förde högtidligt in oss i köket. "Mörka rummet" var verkligen mörkt.

Alla lampor var släckta, persiennerna var fördragna. Pappa hade till och med tejpat för de små strömbrytarlamporna på diskmaskinen och kaffeapparaten för att skapa kompakt, ogenomträngligt mörker. Och där satt vi i det fullständigt svarta, väntade och sa ingenting.

”Mamma...”, sa Calle efter en stund.

”Ja?”

”Det var inte meningen att väcka dig imorse.”

”Det är okej.”

”Vi ville bara dricka mjölk. Och så trodde vi inte att det var så tidigt.”

”Puss, älskling.”

Vi reste oss alla i det mörka rummet, famlade med händerna för att hitta varandras famnar, så kramades vi lite huller om buller, och det kändes plötsligt tryggt och fint igen.

”Då är ni välkomna ut”, ropade pappa. När vi gick ut ur det mörka rummet såg vi pappa stå vid granen. Han hade tänt samtliga av de levande ljusen i julgranen och såg stolt och stark ut i sin folkdräkt. Vi som kom direkt från kolmörker häpnade när vi såg de levande ljusen gnistra och spraka som om de vore rent overkliga. Vi barn sa ”oj”, och mamma sa ”himmel, vad vackert”. Sedan slog vi oss ner, men kunde inte riktigt slita blickarna från de där sällsamma ljusskenen. Pappa lyfte till hälften upp sin lapp som han bar i bröstfickan, kontrollerade tiden och tog sedan upp Bibeln som han lagt på bordet framför sig. Han läste Lukasevangeliet. Han fastnade här och var, eftersom han såg dåligt i skenet av julgransljusen, och även om jag inte begrep det minsta av vad han sa så kändes det betydelsefullt. När han var färdig gav han en blick till Niklas, som tog fram sin gitarr och spelade ”Stilla natt”. Vi andra satt tysta och mamma log mot pappa, och de höll handen.

Därefter var det dags för julklappsutdelning. Vi barn fick böcker, kläder och leksaker som vi omedelbart började leka med. Pappa och mamma delade ut paket till varandra i en värdeökande skala så att de dyrbaraste paketen kom sist. Pappa hade skrivit ett rim till mammas sista paket. Han läste något långt och underfundigt från en lapp som han säkert suttit länge och knåpat med. Det avslutades med raderna:

”Bara du inga andra män lockar
med dessa dyra droppar.”

Mamma skrattade och ropade: ”Nä, Allan, man KAN faktiskt inte rimma ’lockar’ och ’droppar’. Så dåligt får det bara inte vara!” Sedan skrattade de.

Pappa lämnade belåtet över paketet och mamma lyste upp och sa: ”Jag tror jag vet vad det är, kan det möjligen vara …” Pappa avbröt henne och sa: ”Öppna nu, bara.” Mamma slet upp paketet och upptäckte att det var en flaska av hennes favoritparfym Magie Noire. ”Nämen älskling”, sa hon. Pappa såg mycket nöjd ut. ”Hur fick du tag på den här”, frågade hon och pappa svarade något om att ”jag har väl mina kontakter”.

Så infann sig ett sällsamt lugn. Jag och mina bröder lekte med våra nya leksaker. Mamma och pappa drack en whisky och sammanfattade dagen.

Plötsligt började pappa gråta. Ett milt hulkande.

Alla stannade upp i sina aktiviteter och tittade bort mot pappa. "Det är så..." Orden stockade sig och han avbröt sina försök att tala. Mamma räckte ut sin hand och pappa tog den och grät ännu mer. Jag och Calle och Niklas gick fram och kramade honom. Han klappade oss på armarna och försökte få luft. Calle gav honom en servett som han tog emot utan att använda. Så tog han sats igen. "Det är så fint, det här, och det enda jag tänker är: Hur många fler julaftnar kommer jag att få uppleva?" Han gungade fram orden med överkroppen och tårarna rann längs skägget, ner på lappen han hade i handen. "Akta rimmet", sa mamma och torkade genast bort de salta dropparna från bläcket.

I det här arkivet finns så mycket som jag trodde att jag glömt, men som bara behövde lite påminnelse. En liten lapp eller randanmärkning med pappas karakteristiskt klumpiga handstil slungar mig med full kraft tillbaka till andra tider och andra sammanhang. Jag kan fortfarande inte avgöra om det är skadligt eller välgörande för mig att sitta här och konfronteras med minnen som jag de senaste fem åren gjort allt för att tillintetgöra. Men nu gör jag det. Jag har suttit här i många timmar och än så länge har inget dykt upp som skulle få mig att sluta. Jag vet inte riktigt varför jag oroar mig så för att vara här, varför min puls slår så förfärligt.

Jag ler åt mitt simdiplom som intygar att jag ”med gott mod och sann äventyrslusta klarat uppgifterna som krävs för att vara en Baddare”. Pappa har sparat allt, till och med lappar som mamma eller någon annan i familjen skrivit för att informera övriga familjemedlemmar var de håller hus. Jag skrattar högt när jag ser mammas handstil på en skrynklig lapp: ”Är i affären.” Det är lätt att förstå mammas frustration över att pappa valde att datummärka den här typen av lappar och spara dem.

En av hyllorna rymmer fotostatkopior av all pappas samlade korrespondens från trettiotalet och framåt.

Pappa skrev brev i ett ursinnigt tempo vid den här tiden. Ofta tre fyra brev per dag som han skickade ut till kollegor, vänner eller sina romantiska kontakter. Jag fastnar för en korrespondens mellan pappa och en svensk flicka som heter Barbro. Brevet är daterat 11 juni 1938. Pappa är nitton år gammal och kriget står för dörren.

Kära Blåöga,

Ty jag tycker mig märka att dina ögon trots allt äro hoppfullt blå till färgen. Det konstaterar jag genast vid en blick på det foto du skickade med ditt sista brev.

Tack...

Du antyder skam för ditt utseende, men jag förstår det inte. Ty jag har vetat att du är söt och blir nu blott yttermera övertygad därom. Visst är hunden på bilden alla tiders men det kan ej förhjälpas att du "stjäl rollen", som det heter i filmrecensioner, ifrån den. Ditt hår är ännu saltvattensbestänkt. Jag ville fara med handen genom det och smeka det. En stund. Ta nu ej illa upp.

Idag på morgonen kom jag åter hem till Helsingfors efter att i en veckas tid vistas i kulturvaggan Åbo och hjälpt min fader med hans affärer en smula. Jag reste om natten och upplevde ett starkt åskväder, vilket är ovanligt för årstiden. Månen var nästan full, på de låga fälten låg dimma och i bakgrunden korsade praktfulla blixtar himlavalvet. I skogsbrynet tågade ett kompani soldater framåt med gevär på axlarna. Det såg halvt overkligt ut, månen kunde icke helt undantränga dimman och krigarna syntes därför blott som dimgestalter. Denna skog tycktes i natt vara att likna vid sagoskogen, där allt kunde hända. Den förtrollade skogen. Allt var stilla, men på ett ögonblick förvandlades allt plötsligt till bländande dag. Från alla håll blixtrade gevärs- och kulspruteeld, splittrade kulor ven kring öronen. Det påminde om bilden man har av undergången.

Jag känner oro. Finland rustar upp inför ett krig som kan komma, och som kommer.

Skriv snart tillbaka.

Allan

Pappa skriver vårdat och vackert. Han använder subtiliteter och sällan överord. Det finns något sparsmakat, milt och oskrytsamt i hans texter som jag tycker mycket om.

Jag bläddrar vidare i brevväxlingen och hamnar på femtiotalet. Pappa har flyttat till Stockholm och de flesta breven växlas mellan pappa och hans föräldrar som är kvar i Helsingfors. Nu är korrespondensen mindre ivrig än förr. Väna, varma ord vandrar någon gång i månaden över Bottenviken och tillbaka igen. Så stöter jag på något egendomligt. Ett av kuverten är oöppnat. Adressen och avsändaren är skrivna med blyerts och texten är mycket svag, men det syns tydligt att det är ett brev till Allan Schulman. Avsändaren på baksidan av kuvertet är hans mamma.

Och plötsligt inser jag att jag hittat det enda brev som pappa aldrig läste. En av få sorger som han bar med sig ända in i döden. Det här är andra gången jag hittar det här brevet. Jag gjorde det första gången för femton år sedan. Jag hjälpte pappa att sortera hans skrivbordslådor och i en av lådorna hittade jag kuvertet. Jag gick ut till pappa, som satt i sin fåtölj vid teven och överräckte honom kuvertet.

"Titta vad jag hittade."

Pappa tog kuvertet och det dröjde några sekunder innan han förstod vad det rörde sig om. "Snälla, kan du ta bort det", sa han och gav det tillbaka till mig.

"Vill du inte läsa det?" frågade jag.

"Nej."

"Varför inte det? Det är ju ett brev från din mamma."

"Jag vet."

Jag tittade oförstående på honom.

Pappa tog tillbaka kuvertet och tittade upprört på mig. Så tittade han ner och trummade några gånger med tummen på bordsskivan. Han sa "äsch" alldeles tyst, sedan berättade han.

"På femtiotalet i Helsingfors hade jag bara en dröm och det var att flytta till Stockholm. Det var det enda jag tänkte på, det enda jag arbetade för. Mitt jobb på radion i Helsingfors gav mig chansen och när jag fick den stack jag omedelbart. Mina föräldrar var förstående och satte inga käppar i hjulen. Hur det nu var så tappade jag lite av kontakten med dem. Vi skrev brev, men jag koncentrerade mig främst på min karriär här i Stockholm. I de här breven undrade mamma alltid vänligt om jag tänkte komma och hälsa på någon gång. Oftast svarade jag undflyende, och ibland hände det att jag inte ens svarade på hennes undringar. Jag ringde hem ibland och kunde höra hur mamma kallade till sig pappa och skrek: 'Kom, det är Allan!' Och så satt vi där och pratade med varandra.

Sen blev mamma plötsligt oväntat sjuk och inlagd på lasarett. Det var pappa som kom med nyheten via telefon. Jag ringde genast upp vår familjeläkare och frågade hur allvarligt det var. Jag sa att jag var mitt uppe i en viktig produktion, men att jag skulle ta första bästa båt om det visade sig vara allvarligt. Men läkaren lugnade mig. Han sa att hon visst hade fått en inre blödning, men att de hade tagit hand om den nu. Hon behövde bara vila upp sig några dagar på sjukhuset och sen skulle hon vara frisk igen. Han sa åt mig att göra klart min produktion i lugn och ro och sen komma till Helsingfors när den var över. Jag minns att han sa: 'Jag lovar att hålla henne i gott skick tills du kommer.' Det var en besvärlig situation, för hon låg ju faktiskt på sjukhus, men jag valde att stanna hemma och åka över när jag var färdig.

Två dagar senare dog hon på sjukhuset. Och jag minns, det var så många känslor på samma gång. Sorg och vrede och chock och skam. 'Jag lovar att hålla henne i gott skick', så sa han... Jag reste genast till Helsingfors och tog hand om pappa, som ju var förkrossad, och den övriga familjen. Det var mitt livs kanske svåraste tid, att brottas med den skammen. Att jag inte bara åkte dit och träffade henne på sjukhuset. Att jag lät karriären gå före familjen.

Jag åkte hem efter begravningen, direkt tillbaka till Stockholm. Och jag kommer aldrig att glömma det. Jag kom hem till min lägenhet och kontrollerade posten och bland räkningarna låg ett kuvert med mammas omisskännliga handstil. Hon måste ha skickat det dagen innan hon dog eller möjligen till och med samma dag som hon dog. Jag satte mig i köket och drack whisky. Vägde brevet i handen. Grät. Förbannade mig själv, men jag öppnade det inte. Jag klarade inte av den hälsningen från de döda.

Jag satt många gånger med kuvertet i handen, men brevet har förblivit oläst. Jag klarade aldrig av att öppna det. Om det finns något sådant som en människas livssorg, så är det där min. Och det där brevet ligger där inne, bränner och påminner mig om det hela tiden. Jag borde öppna det och läsa det, men jag vågar inte."

Och nu sitter jag här med brevet som han inte vågade läsa under de femtio år han hade det i sin ägo. Jag väger det i handen och funderar på vad jag ska ta mig till med det. Så bestämmer jag mig. Jag låter det vara. Det är ett brev som förblir oöppnat.

Det finns ett femtontal VHS-band i pappas arkiv. Det är mest program som pappa producerat. Jag upptäcker att en av kassetterna har titeln "Schulman i tv" och en stund senare sitter återstoden av familjen Schulman och tittar på innehållet framför teven. Det är en samling av olika klipp från sextio-, sjuttio- och åttiotalen där pappa synts i teverutan. Ofta fladdrar han bara förbi i bakgrunden. Han är utklädd till cowboy under någon insamlingsgala i ett klipp och han förklarar kort reglerna i ett nytt lotteri i ett annat. Det mesta är Aktuellt- och Rapportinslag i samband med de teveproduktioner pappa var inblandad i. Jag slås av hur obekväm han ser ut med en kamera riktad mot sig. Han pratar med blicken riktad på en fast punkt i golvet. Det bodde aldrig någon teaterapa där. Pappa trivdes alldeles tydligt bäst bakom kameran.

I ett av klippen från sextiotalet sitter pappa tillsammans med Lennart Hyland i en studio. De har just gjort klart säsongens sista Hörna och en reporter gör ett eftersnack. Pappa har på sig en stickad tröja och Hyland bär kostym. Reportern frågar om det blir en nästa säsong av Hylands Hörna, men det vill ingen av dem svara på. "Det är inte vårt beslut", säger pappa. "Men vill ni göra en säsong till?" frågar reportern. Pappa ler förvirrat, Hyland också, det blir tyst. Tydligen finns det en politik kring detta som är snårig. Reportern byter ämne och frågar pappa om säsongen varit besvärlig. Pappa tittar ner i golvet och säger att nej, det riktigt tuffa jobbet har Hyland haft här nere. "Jag har bara försökt styra produktionen på enklast möjliga sätt." Och Hyland inflikar en liten lustighet och pappa ler, men han döljer leendet med en pärm som han trycker mot sina läppar och så försvinner han bort, tycks tänka på helt andra saker.

Det är mest Hyland som pratar, pappa sitter där med pärmen mot läpparna och ler vänligt och nickar, men han är inte riktigt närvarande. Intervjun lider mot sitt slut, Hyland gör en hylandskt elegant retorisk avslutning och just när han tystnar tittar pappa upp mot reportern och sträcker på sig för att också säga något avslutande. Reportern uppfattar det inte eller så bryr han sig inte om det. Kanske har tiden runnit ut. Han halar in sin mick och säger: "Tack för att ni tog er tid." Jag ser hur pappa snabbt ger upp tanken på att säga något, han fäller åter ner blicken i golvet och sedan blir det svart i rutan.

Det isar i min kropp när jag ser det. På något banalt sätt känns det där rent ödesmättat. Det som han just där och då ville säga fick han aldrig sagt. Och nu är det för sent. Den där reportern som inte ville låta pappa prata ger mig dåligt samvete, för jag känner igen mig och alla de gånger då jag i irritation snoppat av honom eller inte lyssnat på saker och ting som han velat berätta. Då jag kom hem från skolan och pappa låg i sängen och ropade "kom" för att han ville berätta om den bok han läste just nu. Hur otåligt jag lyssnade och stampade med fötterna, väntande på att få komma därifrån. Allt det där som han ville säga till oss, men som vi aldrig ville lyssna på. Och nu är det för sent.

Det var en av vår åldersskillnads stora förbannelser. Jag var ung och intresserade mig för saker som tillhörde ungdomen. Pappa var gammal och förtjust i ett anekdotberättande som krävde tålamod och referenser. Vi möttes aldrig riktigt där, någonsin. Pappa försökte väl, men han förstod aldrig musiken jag lyssnade på, fotbollsmatcherna jag tittade på. Och jag förstod aldrig tjusningen i Zarah Leander och dråpligheter rörande hennes relation med pappa. Det är först nu jag känner mig redo att lyssna på det han hade att säga och det är först nu det dåliga samvetet över att jag aldrig gjorde det slår till mot mig.

Den där reportern i det där gamla klippet som ouppmärksamt och ointresserat vecklar tillbaka sin mick och säger ”tack så mycket”, det är lika mycket jag.

Pappa var åttiotvå år gammal, det var Fars dag och jag och mina bröder kom hem till honom för att hälsa på. Han mötte oss i dörren, pussade oss på kinderna och gick långsamt bort till teven. Där hade han förmodligen suttit hela dagen. Det var så han lät dagarna passera de sista åren, framför en repriserad såpa på teven, ibland med en whisky i handen. Han var klädd i morgonrock och pyjamas, den uniform som han numera alltid bar, dag som natt. Vi satte oss runt honom och gav honom ett fint inslaget paket och pappa satte ifrån sig whiskyglaset för att öppna det.

"Ska jag putsa dina glasögon?" frågade jag.

Pappa sken upp och sökte genast efter dem i bröstfickan.

"Hemskt gärna."

Det tillhörde rutinen, den första åtgärden när vi kom och hälsade på, att putsa pappas glasögon som väldigt fort blev solkiga. Vi visste att detta gjorde honom glad, därför gjorde vi oss till ganska mycket. Hämtade fönsterputs, sprayade, torkade, sprayade igen och till slut var de precis så plingande, klingande och glittrande rena som i en reklamfilm. Pappa log och sa tack och provade sin nya syn mot teven.

"Fantastiskt."

Han fick sin Expressen, den enda kvällstidningen

han läste. Han kastade bara en snabb blick på omslaget och lade den ifrån sig omedelbart.

"Vad blir det för mat?" frågade han.

"Vi hittar på något festligt", svarade jag.

Ständigt detta tal om mat. De sista åren avvecklade pappa bit för bit av sitt liv och sina vanor och sina förlustelser. Han slutade gå på promenader, han slutade läsa böcker, han var inte längre intresserad av att titta på teve, han tyckte det var ansträngande att prata med andra människor än med oss barn och mamma. Till slut fanns bara maten kvar. Mycket centrerades kring den. Omedelbart när vi kom och hälsade på undrade han: "När blir det mat?" Och vi fick ange en tid som pappa sedan noga kontrollerade. Om vi hade sagt att det skulle bli mat klockan sex, så satt han vid köksbordet klockan 18.00 och sa, vänligt men undrande: "Jaha?"

Vi åt många märkliga middagar tillsammans på slutet, då pappa var så svag att han knappt pratade längre. Men mitt i middagen kunde han anstränga sig och fråga: "Vad blir det för mat imorgon då?"

Pappa gjorde en ansats att resa sig och jag och mina bröder hasade närmare i fåtöljerna för att kunna bistå honom om något skulle gå fel. Vi var som killarna som på helspänn står bredvid gymkillen som lagt på för mycket vikter i bänkpress och försöker lyfta.

"Jag klarar mig", sa pappa och det gjorde han. Han hasade iväg i sina tofflor till toaletten och vi tre satt tysta kvar i soffan. Efter en stund kom han tillbaka.

"Jag har tänkt på det där med Internet."

"Vadå?"

”Ja, det verkar ju vara på allas läppar.”

”Ja, verkligen.”

”Ja, och jag tänkte … Jag skulle nog vilja ge det ett försök.”

”Att lära dig det?”

”Lära och lära … Jag skulle gärna vilja se vad ni skriver och ja, lära mig hur Internet funkar och så.”

”Okej.”

”Men jag kanske är för gammal.”

”Nej nej. Det där ska vi fixa. Det är bara att vi köper en dator och fixar uppkoppling här hemma.”

”Ja.”

”Så kan du ha datorn i ditt sovrum, vid arbetsbordet.”

”Men det är väl värt ett försök i alla fall.”

”Absolut.”

Jag ringde något samtal, till Com Hem eller så, men det rann ut i sanden. Pappa tog inte heller upp det igen med oss. Han insåg, precis som vi andra, att det var för sent.

Midsommarafton, 2002

Det fanns en försänkning i marken på torpet. Denna avsats löpte som ett streck över hela tomten. För att ta sig förbi den fick man ta ett litet skutt eller ett längre kliv. Sedan några veckor tillbaka vågade pappa inte längre ta sig förbi den där försänkningen. Han var rädd för att ramla och slå sig. Vi försökte bygga en ramp som han kunde hålla sig i, men han vågade ändå inte riskera det. Han stod framför den några gånger och funderade på saken, men sa "äsch, jag skiter i det", och gick tillbaka upp till uteplatsen. Han kände sig för osäker på benen, sa han. Det här gjorde att pappa avskärmades från vissa ytor på tomten. Han kunde inte längre ta sig ner till sjön eller bastun. Och där nere fanns också den fotbollsplan där vi varje år spelade Coca-Cola Cup.

Vi uppfattade det som ett stort bekymmer. Det handlade inte längre om prestige, brödrarivalitet eller en vilja att bevara traditioner. Det var ingen av oss som pratade om det öppet, men vi insåg alla att Coca-Cola Cup blivit en manifestation av pappas kamp mot tiden. Och vår kamp för den tid vi hade kvar med honom. Det år vi inte längre arrangerade Coca-

Cola Cup hade vi alla förlorat. Så kände vi. ”Coca-Cola Cup ska spelas till varje pris”, hade pappa sagt en gång i tiden. Det vettigaste hade möjligen varit att ställa in arrangemanget och minnas det som en vacker del av vår barndom, men det accepterades inte av någon, varken av oss eller av pappa. Vi bestämde oss för att flytta spelen upp till den lilla gräsplätten vid ingången till huset. Vi tog höjdhoppsställningen som stod inne i ladan och ställde upp som målbur. Spelen kunde börja.

Målet var nu så litet att det framför allt handlade om att pricka bollen i någon av de luckor som pappas kropp inte täckte. Calle gjorde mål på första skottet, jublade och pappa gjorde vad han kunde för att se butter ut. I själva verket var han, precis som vi, oerhört glad och kanske till och med lättad över att vi stod här igen och delade ut burkar till varandra. Calle gick fram för att ta emot priset, men utdelningen var inte lika högtidlig som den en gång varit. Pappa orkade inte böja sig för att ta upp burken, så Calle fick göra det själv. De tog i hand och Calle visade priset för publiken och mamma applåderade där uppe på trappen.

Efteråt, när alla burkarna var utdelade och det stod klart att Calle hade vunnit, satte vi oss tillsammans på uteplatsen och drack en öl. Pappas ögon var trötta.

”Jag undrar hur länge jag kommer orka göra det här”, sa pappa.

”Det kommer du orka i många år till”, sa Calle.

Och pappa gjorde den uppgivna gesten med handflatan i vädret som han alltid gjorde när han kände hopplösheten komma krypande.

I kalendern skrev han omsorgsfullt:

Coca-Cola Cup, sextonde årgången
Niklas: 1 Coca
Alex: 1 Coca
Calle: 2 Coca

Pappa hade vaknat till vid tvåtiden på natten och känt sig lite törstig. Förmodligen hade han haft mardrömmar, för han svettades och lakanet hade hamnat i en liten hög vid fotändan av sängen. Han kontrollerade sitt nattygsbord och upptäckte att vattenglaset var tomt. Så han reste sig upp i mörkret för att hämta påfyllning i köket. På tillbakavägen kände han att det var lika bra att gå på toaletten, när han ändå var uppe. Så han ställde sig och kissade och precis när han skulle spola tappade han balansen. Han famlade med händerna för att hitta stöd och fann det mot toalettdörren. Den var dock inte ordentligt stängd, så pappa föll handlöst och landade raklång på tröskeln mellan toaletten och hallen. Det gjorde ont, pappa skrek för full hals. "Lisette", skrek han. "Lisette!"

Mamma rusade fram till pappa och försökte lyfta upp honom. Men pappa vägde åttio kilo och mamma fyrtiofem. Hon kunde inte rubba honom över huvud taget. "Jag måste ringa något av barnen", sa mamma.

Jag låg och sov i min lägenhet på Gullmarsplan och jag kunde höra på mammas tonfall att det var viktigt. Fem minuter senare satt jag i en taxi på väg till Farsta. Förbannad på att pappa trots våra tillsägelser tog promenader mitt i natten. Men framför allt skräckslagen. Gamla människors vanligaste dödsorsak är att de faller och skadas så illa att kroppen inte orkar återhämta sig. Det här var inte första gången pappa trillade. Det hade skett några gånger under kort tid. En gång ramlade han när han skulle stänga av teven på själva apparaten, för han hade hört att den kunde explodera om den röda stand by-knappen där framme lyste för länge. En annan gång ramlade han när han skyndade från köket för att svara i telefonen. Och han hade fallit handlöst över en tröskel när han skulle hämta en bok i biblioteket.

Jag och Calle oroade oss för de här fallen som plötsligt blivit en ny och ovälkommen del av våra liv. Vi hade talat om dem med pappa som också han förstod allvaret. Vi insåg att snart kommer han att skada sig illa. Samtliga telefonsamtal som jag och Calle förde med pappa avslutade vi numera med att säga: ”Inte ramla, pappa.” Och pappa svarade snabbt, muntert men med allvar i rösten: ”Inte ramla.”

Det införskaffades en rollator som han kunde stödja sig mot under sina promenader i hemmet. Han var inte förtjust alls, för honom var det bara ännu ett tecken på ålderdom, men han fann sig i att använda den allt eftersom. Dessutom skrattade han gång på gång åt att man kallade fyrhjulingen för dramaten, alltså dra-maten, något som gamlingar kunde gå och handla med och forsla hem maten i. ”Det var ett fiffigt namn”, sa pappa en gång och då tänkte jag på att det där ordet ”fiffigt” är väldigt mycket pappa.

Tidigare när pappa fallit hade det inträffat på dagen och han hade för egen maskin kunnat ta sig upp. Han hade svurit och sagt ”fan, det var ju jävligt dumt, det här” men sedan rest sig upp och gått och tittat på teve. Det här var första gången han inte kom upp utan hjälp.

Det tog tio minuter att åka från mig till Farsta och när jag kom fram låg pappa kvar där på golvet och mamma satt bredvid honom. ”Det här var ju dumt, det här”, sa pappa och tittade på mig med uppgivna ögon. Jag släpade honom till sovrummet och drog upp honom i sängen. Och där satt han och lugnade ner sig lite. Stirrade framför sig och funderade över sakernas tillstånd.

”Hur är det med dig?”

”Det är okej. Vad fint att du kom.”

”Men hur känns det i kroppen, slog du dig?”

”Nej då. Det gjorde lite ont när jag ramlade, men nu är det bra. Nu vill jag sova.”

”Var har du ont någonstans?”

”Jag har inte ont. Det gick bra. Allt gick bra.”

”Du får inte gå ut mitt i natten när du tagit sömnpiller, pappa. Då ramlar du.”

”Jag vet. Det var dumt.”

”Varför använde du inte rollatorn?”

”Det gjorde jag. Men så skulle jag gå på toaletten och då lämnade jag den där utanför och då ... Det var då det hände.”

”Vill du ha vatten?”

”Ja tack. Det var det jag skulle hämta, faktiskt ... Så gick det som det gick.”

”Jag går och hämtar.”

Jag gick och hämtade isvatten och gav till pappa

där han satt. Han drack, gjorde en paus, stirrade framför sig och så drack han lite igen.

”Hur kom du hit?”

”I taxi.”

”Jag betalar den.”

”Nej, det behöver du inte.”

”Jodå. Jag betalar den.”

Så skildes vi åt. Jag och mamma pussade varandra god natt och så satt jag åter i en taxi på väg hem. Skärrad, olycklig men framför allt oroad. Pappa hade försäkrat att han inte hade ont någonstans, men det fanns något i hans ansiktsdrag. Han såg mer plågad ut än vanligt. Det fanns ett nytt drag som skvallrade om en annan smärta än den han kände varje dag, den som var en del av hans vardagliga liv.

Min mormor dog. Jag fick beskedet av pappa på telefon och alla barnen samlades snabbt hemma i Farsta. Trots att mormor blev över nittio år kom dödsbudet som en stor överraskning. För några dagar sedan hade hon suttit med mamma i köket och löst Svenska Dagbladets korsord och nu var hon plötsligt död. Mamma var inne i stan och ombesörjde praktiska saker som hade med begravningen att göra och vi väntade på att hon skulle komma hem. Pappa satt tyst framför teven i sin morgonrock. ”Nu måste vi vara särskilt snälla mot mamma”, sa pappa till oss barn. ”Det är så hemskt att förlora någon som står en nära. Det är dagar man aldrig glömmer.”

Så berättade han om när han själv förlorade sin farmor.

”Farmor hade varit sjuk länge, men hon kunde fortfarande skriva brev. Under hela finska vinterkriget fick jag prydligt nedtecknade hälsningar från hennes sjuksäng som nådde mig ända till fronten. Farmor skrev om allt som föll henne in, utom sin egen sjukdom. Den nämnde hon aldrig med ett ord. Hon skrev att hon aldrig känt sig friskare. Och jag skrev tillbaka om allt som föll mig in, utom kriget. Vi ville inte oroa varandra. Det var en falsk och underbar korrespondens.

Det här hände i februari 1939. Vi låg alldeles vid fronten. Det var natt, stjärnklart och så kallt att det gjorde ont att le. Vi roade oss med att spotta och se hur saliven förvandlades till isprojektiler innan den nådde marken. Till och med molekylerna tyckte att det var iskallt.

Mitt i denna oerhört kylslagna natt fick vi bud om att ryssarna intagit viktiga positioner i vår absoluta närhet och vi fick order om att ta till reträtt. I stor hast samlade vi våra saker och kastade oss in i militärkonvojbilar.

Jag satt i en lastbil tillsammans med åtta andra vitklädda soldater. Åtta fullständigt olika människor, alla plötsligt uppryckta och inkastade i kriget. Det enda vi delade var de skrämda blickarna. Jag tittade ut på vägen som försvann bakom mig i ett moln av snörök. Färden gick fort, skogen lutade sig fram emot oss på båda sidor om vägen. Det såg dystert ut, som om granarna höll på att ge vika under all snö. Om man kastade en enda snöboll mot dem skulle de rasa ihop.

Plötsligt hände något i vägrenen. Granriset fick liv och upp från diket tassade någon fram. Jag kände genast igen hennes vita nattlinne och det långa håret uppknutet i tofs. Det var farmor. Hon hade granris på ryggen. Det var vingar. Plötsligt lyfte hon från marken och flög iväg. Hon passerade alldeles över vår lastbil, men tittade inte ner. Granriset på ryggen svepte fram och tillbaka i långa drag. Hon flög vackert, farmor, som om hon gjort det många gånger förr. Hon rundade stiligt en mycket hög gran, vände tillbaka över lastbilen och försvann sen upp i den sprakande, stjärnklara, smällkalla natten.

'Nu dog farmor', tänkte jag. Vi åkte vidare i tystnad.

Så var det. Dagen efter fick jag bud om att farmor hade avlidit mitt i en inandning i sitt hem i Helsingfors."

Jag och Calle och Niklas satt tysta.

"Jag tror att det är så där när någon som står en nära dör. Man känner det. Det ges ett tecken. Eller vad tror ni?" Vi nickade.

"Men det var vackert. Tycker ni inte det?"

"Jo. Verkligen vackert", sa Calle.

Jag sa ingenting, men jag minns att jag kände mig mycket illa till mods av pappas historia.

Jag tog en sen eftermiddagskaffe med Calle vid Karlavägen. Vi pratade om pappas fall och Calle hade en idé om att bygga en ledstång som skulle löpa från hans sovrum, via toaletten och vidare in i köket. På det sättet skulle han inte kunna ramla så länge han höll i sig i den där stången under de nattliga promenaderna. ”För det fattar du ju själv”, sa Calle, ”att vi aldrig kommer kunna få honom att sluta med de där utflykterna. När han ligger där sömnig och pillertrillad och plötsligt får lust att dricka vatten så kommer han att gå.” Vi beslutade oss för att kontrollera möjligheterna med värden, en vänlig kvinna som alltid varit god både mot pappa och vår familj. Precis när vi skulle gå ringde det i telefonen.

”Det är mamma. Ni måste komma. Pappa har ramlat igen.”

En taxifärd i tystnad genom Stockholm. Chauffören valde Sibyllegatan rakt ner och sedan svängde hon ut på Strandvägen, och där fastnade vi som man alltid gör den här tiden på dygnet i Stockholm.

”Men hur i helvete tänker du när du åker Strandvägen i rusningstrafik”, fräste Calle.

”Det är lika fullt överallt i stan”, svarade den kvinnliga chauffören.

”Det är det inte alls!”

”Jag var just borta på Engelbrektsgatan. Där stod det helt still.”

”Men lyssna nu. Man åker aldrig Strandvägen. Aldrig någonsin. Hör du det?”

Calle väntade sig inget svar. Det blev tyst i bilen. En olycklig chaufför i framsätet och två olyckliga bröder där bak. Calle som sa ”fan, fan, fan” för sig själv och jag som satt tyst och väntade på att rödljuset vid Nybroplan äntligen skulle slå om.

Mamma hade berättat att pappa låg på golvet alldeles vid sin fåtölj. Han hade suttit och tittat på teve, men när han skulle resa sig upp för att ta en bit mat i köket hade han förlorat balansen och fallit. Han hade legat kvar en stund på sidan och sedan rullat runt på rygg. Mamma var på jobbet och han nådde inte telefonen. Efter några försök att hasa sig bort mot arbetsrummet gav han upp. Han lade sig och väntade på att hon skulle komma hem.

Hon kom efter någon timme. ”Hallå”, ropade hon från hallen och möttes genast av ett muntert ”hallå, hallå” från vardagsrummet. Mamma tog några steg in och upptäckte pappa där han låg i vardagsrummet och tittade upp i taket med armarna om magen.

”Du får hundra kronor i dricks om du kör oss så fort du bara kan till Farsta Centrum”, sa jag.

”Jag ska köra er så fort jag kan, men jag bryter inte mot några fartregler”, sa chauffören.

Hon höll sitt löfte. Exakt enligt gällande fartbestämmelser reste vi via Tegelbacken, Söderledstunneln, Globen och Nynäsvägen och anlände till Farsta Centrum efter tjugofem minuters färd. Vi sprang mot porten, kod 1934, in i en av hissarna och så upp till våning tre.

Pappa tittade på oss när vi rusade in i lägenheten, han log och sa: "Är det uppdragningspatrullen som kommer på besök?"

Jag och Calle tog varsin arm och drog upp honom i fåtöljen. Vi plockade upp hans glasögon från golvet och konstaterade att de hade brutits itu i fallet.

"Aj aj. Det där var ju inte bra", sa pappa och begrundade glasögonens två delar.

"Det fixar vi", sa Calle.

"Vad var det som hände, pappa?"

"Äsch, jag vet inte. Jag skulle resa mig upp och så ramlade jag."

"Har du ont någonstans?"

"Nej, nej. Det är ingen fara med mig."

"Säkert?"

"Ja. Fick ni avbryta något viktigt för att komma hit?"

"Nej då. Det är ingen fara."

"Det var ju skönt, det."

Sedan satt vi och pratade om just ingenting tills pappa blev lite trött och ville gå och lägga sig för att vila en stund. "Inte ramla", sa Calle när pappa reste sig upp och pappa bekräftade: "Inte ramla." Vi tittade på honom när han stod på sina ostadiga ben. Han var själv medveten om att han blev granskad och bedömd och ansträngde sig därför särskilt för att få det att se så lätt och ledigt ut som möjligt.

”Hej då, pojkar”, sa pappa och gick iväg med rollatorn mot sovrummet.

”Sov gott”, sa Calle.

”Jag ska inte sova. Jag ska bara vila lite.”

Mamma satt kvar i vardagsrummet med ansiktet begravt i sina händer. Hon tittade upp mot hallen, inväntade att pappa skulle stänga sovrumsdörren bakom sig och så började hon tala.

”Det här fungerar inte längre.”

”Vad är det som inte fungerar?” sa Calle.

”Det här. Att pappa ramlar, att jag inte får upp honom, att jag måste ringa er… Vi kan inte ha det så här.”

”Han kanske bara är inne i en svacka. Han kanske blir bättre igen.”

”Han blir inte bättre. Han blir bara sämre. Han trillar allt oftare. Och en dag kommer han att slå sig rejält.”

”Vi talade idag om att man kanske kunde bygga en ledstång till honom, så att han har något att hålla i när han går på toaletten eller till köket. Då skulle han inte ramla.”

”Det spelar ingen roll vad vi gör, Calle. Det är farligt att ha pappa här hemma ensam. Och jag måste jobba om dagarna. Jag kan inte säga upp mig från jobbet för att ta hand om honom. Det går inte.”

”Så, vad föreslår du?”

Mamma tystnade och tittade ner mot glasskivan i bordet.

”Vi måste lägga in pappa på ett vårdhem.”

”Aldrig!”

Calles blick mörknade. Han reste sig upp, som om han gjorde sig redo för att gå.

"Pappa ska inte ligga på ett jävla vårdhem tillsammans med en massa halvdöda människor!"

"Men Calle..."

"Det är inte klokt att du ens föreslår det! Vad fan har hänt med dig? Har du blivit helt jävla dum i huvudet?"

"Lugn nu, Calle. Tänk efter. Det är för pappas skull. Det är inte för att jag är lat eller för att jag har tappat lusten, eller för att jag är dum i huvudet. Det är för att jag bryr mig om pappa. Det är för att han inte ska göra sig illa här. Tänk om han ramlar igen och blir liggande i timmar utan att kunna röra sig. Vi måste inse att pappa blivit för gammal för att klara sig själv en enda sekund. Jag föreslår att vi hittar ett bra hem till honom där han får vara på vardagarna då jag jobbar. Sedan hämtar vi hem honom på fredagarna och umgås med varandra hela helgen. Vi spelar Bingolotto, äter räkor och gör skink- och ostpaj och sånt som han älskar."

Calle satte sig ner igen. Intellektuellt förstod han precis, det gällde bara att ge känslolivet en stund att komma ikapp. Mamma gick in i köket och bryggde en kanna kaffe. Mjölken var gammal och bildade klumpar i kaffet som vi med tomma blickar försökte blanda bort med våra skedar.

"Det här kommer att knäcka honom", sa jag.

"Han kommer aldrig att förlåta oss", sa Calle.

Och så togs det någon typ av beslut om detta. Det uttalades aldrig, men när vi gjorde oss beredda att åka därifrån visste vi alla tre att vi kommit fram till en lösning. Familjerådet hade samlats och på några minuter hade vi avgjort pappas omedelbara livsvillkor och framtid. Vi stod i hallen och tog på oss skorna när pappa ropade från sovrummet: ”Pojkar!”

Vi öppnade dörren och där låg pappa på rygg, nedbäddad i sängen, och fingrade på en påse Werthers Original.

”Kom ni hit i taxi?”

”Ja.”

”Jag betalar den.”

Jag köpte mig en cykel. Däcken var tunna, som två rockringar, och höljet så lätt att man kunde kasta iväg cykeln med en hand om man ville. Den var mycket elegant, låg som ett spjut längs marken och lät ingenting. Vindsnabb och väloljad – om man knuffade till mig i ryggen skulle jag ha rullat två hundra meter utan att trampa en enda gång. Jag bodde på Gullmarsplan och från mitt hem till pappas nya vårdhem i Årsta tog det mig sju minuter att cykla så länge rödljusen behandlade mig väl.

Hemmet såg ut ungefär som ett dagis. Varje rum hade ett larvigt namn som "Borgen" och det låg sällskapsspel på borden. Personalen gick omkring leende och medkännande i fotriktiga tofflor. Jag fylldes alltid av samma olustkänsla när jag kom dit. Det doftade av uppvärmd mat och kiss i korridoren.

Pappa hade ett eget rum. Tjugo kvadratmeter golv inramat av fyra gula väggar. Där fanns en säng, ett nattygsbord, en sänglampa, en teve och en stol för besökare. Pappa hade inrett rummet enkelt. Över sängen hade han hängt sitt kors och på bordet fanns det inramade fotografiet på mamma. På nattygsbordet låg en påse Werthers Original, näsdukar och glasögonen, klumpigt ihoptejpade på mitten av mig och Calle.

”Jag vill inte vara här, Alex. Jag hör inte hemma här. Jag vill hem. Alex, jag måste härifrån.” Pappa såg på mig med stora, förtvivlade ögon. Han satt ihopsjunken på sängkanten med fötterna halvvägs in i tofflorna. Han vädjade till mig. ”Jag kan inte vara här längre. Hela huset är fullt av dårar.”

Det var inte fråga om ett slentrianmässigt användande av ordet dårar som i ”idioter”. Pappa menade att de var dårar på största allvar. Han berättade att någon av tanterna med fotriktiga skor häromdagen hade uppmanat pappa att lära känna människorna omkring sig, och pappa hade därför lydigt satt sig ner vid ett bord där en ensam och uråldrig man åt sin frukost. Det satt två genomskinliga rör i hans näsborrar, vilket gjorde att det visslade när han andades. Varje gång han andades in sjöng det i frukostrummet. Man skulle kunna stämma instrument efter ljudet, sa pappa. Han hade hur som helst hälsat artigt och mannen hade tittat upp, betraktat pappa under tystnad och sedan återvänt till ett ägg som han med stora besvär försökte skala.

Pappa hade försökt inleda en konversation, men gubben hade inte reagerat över huvud taget. Möjligen var han bara otrevlig, sa pappa, men det var större sannolikhet att han inte förstod att någon kommunicerade med honom. Han var så sjuk att man inte längre nådde fram med ord. Om någon gav honom ett ägg så åt han det. Men om någon talade till honom så svarade han inte.

Pappa var sjuk fysiskt, men inte mentalt. Inte som de andra.

Pappa berättade om en kvinna som brukade skrika i största allmänhet. Hon brukade gå runt i korridoren med sin rollator och gapa och ställa till liv. Bara en bråkdel av allt skrikande bestod av faktiska ord. Resten var bara ljud. Någon gång hade en i personalen uppfattat namnet Jörgen, vilket var namnet på hennes son och det sågs som en stor framgång. ”Hon blir bättre”, konstaterades det.

En annan kvinna brukade väcka pappa när han sov. Hon hasade runt på nätterna och bultade på dörrar. Häromnatten hade hon knackat på hos pappa, Gud vet vad klockan var, stoppat in huvudet i rummet och tänt lampan.

”Är du vaken?”

”Vem är det?”

”Det är bara jag. Det är något du måste göra för mig.”

”Men herregud. Vad vill du?”

”Jag tänker på ett mörkertal. Gissa vilket.”

”Mörkertal?”

”Ja! Jag tänker på ett mörkertal. Gissa vilket det är.”

”Nu får du sluta. Jag ligger och sover. Gå härifrån.”

”Nej! Gissa nu!”

”Gå härifrån!”

”Gissa bara på ett enda mörkertal!”

”Men det var ju själva… Sju.”

”Fel!”

”Gå nu.”

”Tre skulle det vara!”

Sedan hade hon skrattat, drämt igen dörren och pipit iväg. Pappa hade drömt mardrömmar om henne efteråt, berättade han där han satt med de svaga benen dinglande över sängkanten. "Jag är gammal, men jag är för helvete inte galen. Det här är ett hem för galningar. Jag ber dig. Kan vi inte åka hem?" sa pappa.

"Kom så tar vi en promenad", sa jag.

Korridoren var dyster. En lång halkbana av blankt plastgolv som matt speglade lysrören i taken. På väggarna hängde målningar och teckningar. Barnbarns presenter till mormor eller morfar, kanske. Färgglada saker föreställande hav, båtar, fiskar, moln och solnedgångar. Och så en teckning av en gammal kvinna i en sjuksäng. Barnet hade fångat detaljer. En droppbehållare och en gul slang som ledde till mormors arm. En läkare i vit rock med stetoskop. Situationen såg allvarlig ut, men ändå låg mormor där och log. Lycklig över sakernas tillstånd, vad det verkade.

"Gulliga barnteckningar", sa jag till pappa.

"Äh. De där har inte barn gjort. Det är dårarna. Det är deras självporträtt", sa pappa. Jag kontrollerade med en blick att han skämtade. Vi fnissade båda och gick vidare.

Sällskapsrummet lite längre bort i korridoren var den sociala kärnan i hemmet. Där fanns människor utspridda lite här och var. En kvinna satt böjd över sig själv och tittade på teve. I en soffa satt en annan kvinna och gjorde just ingenting, stirrade med sina stora fuktiga ögon in i väggen. En man läste en bok med förstoringsglas och en mycket stark och riktad lampa. Människorna var öar. All kommunikation till fastlandet var kapad. De gjorde inte längre några ansatser att umgås med varandra eller att ens kommunicera. De hade krupit in i sig själva och lagt sig till rätta. Ensamseglare på väg mot döden. Sällskapsrummet var sista stationen. Några av dem hade krämpor, andra var okontaktbara av senilitet. Ytterligare andra var bara tysta. Pappa nickade åt deras håll och tittade menande på mig. Så förde han ljudlöst upp handen mot huvudet och gjorde en snurrande gest med pekfingret vid tinningen, en gest som inte kunde misstolkas ens om jag ville. Vi gick tillbaka till pappas rum. Jag tog fram två Bingolotter vilket gjorde honom glad. Mest för att han därmed visste att jag skulle stanna länge ikväll.

”Har du med dig något gott då?” viskade pappa när han satte sig i sängen.

”Ja. Det här kommer du att gilla”, sa jag.

Personalen hade förbjudit besökare att ta med sig mat eller dryck till sina närstående. Det berodde på att patienternas totala dagsintag mättes noga och det fördes tydligen statistik över saken. Man fick därför smyga in det. Jag smusslade fram en starköl, en flaska whisky, en ganska stor bit ungersk picksalami och färska räkor.

”Vad kostade räkorna?”

”9:90.”

”Ja. Det var ju okej.”

”Fyra hekto köpte jag.”

”Vad fint.”

”De är i tredje fasen.”

"Oj, vad fint."

Räkor som befinner sig i tredje fasen är bättre än det mesta annat man kan lägga vantarna på i skaldjursväg, det var vi båda överens om. Pappa avslöjade en gång hemligheten med denna tredje fas.

"Du känner väl till räkans tredje fas?" frågade pappa efter att vi hade varit i affären, sedan vinkade han mig till sig där han stod vid köksbänken. Diskbänken förvandlades till operationsbord. Han var mentor och jag lärling. Han placerade högtidligt en räka mitt på diskbänken. Han pekade på den med lillfingret, så där som skickliga kockar gör när de förklarar sin förträffliga mat, och så berättade han:

"Många lever i villfarelsen att färska räkor endast kommer på två sätt – med eller utan rom. På vintern har den rom och på sommaren saknar den rom och sen är det inte så mycket mer med det. Men riktigt så enkelt är det inte. Det finns nämligen en tredje fas. Det är väldigt få människor som känner till den. Under en mycket kort tid på året, mellan augusti och oktober beroende på väder och klimat, samlas räkans rom i dess huvud. Kännare kan upptäcka att en räka befinner sig i denna fas bara genom att kasta en blick på den. Det skimrar av något guldrött där innanför skölden uppe vid huvudet. Man kan ana konturerna av den om man tittar på rätt ställe. Och det gäller att man är försiktig som en nervkirurg när man hanterar en räka som befinner sig i denna känsliga fas. Om man lyfter upp det lövtunna skalet som ligger över räkans huvud och avlägsnar det utan att röra något av det övriga innehållet ser man hur den ligger där och glänser, den röda romranden mitt i hjärnsörjan där uppe. Det är inte rom eller kaviar i vanlig mening. Man ser inga korn över huvud taget och den har mer formen av en liten klimp. Försiktigt, försiktigt greppar man tag med tummen och pekfingret om räkans huvud, sen trycker man. Det första som ger vika är rommen och det är också det enda som är intressant. Resten gör man sig av med. Upplevelsen av räkrom under denna tredje fas är överlägsen allt annat i räkväg. Färgen, smaken, tuggmotståndet... Allt med denna typ av rom är fantastiskt. Att äta den är som att lyssna till ett vackert nynnande från djupen, en sång om att havet vill oss väl."

Så sa pappa och räckte över klimpen till mig där vi stod i köket och jag fick för första gången smaka räkans rom när den är som allra godast.

Så gott som samtliga räkor i min påse befann sig i den tredje fasen. Vi åt under tystnad, njöt av smaken och talade bara när vi lade vantarna på imponerande romklumpar. "Titta på den här då", sa pappa och visade upp sin fångst. "Oj", sa jag. Sedan åt vi vidare och kastade ibland oroade blickar mot korridoren där personaltanterna gick sina trötta ronder för att kontrollera att alla som var ombord på vårdhemmet fortfarande levde.

Klockan nio blev pappa trött och sa att han nog ville lägga sig att sova. Jag gjorde mig i ordning för att åka hem och pappa satte sig för att ordna med sömnpillren.

"De snålar med sömnpillren också."

"Vilka då?"

”Tanterna. Jag får inte ens ha hand om dem själv. De portionerar ut dem till mig. Behandlar mig som ett barn.”

”Det är dåligt.”

”Ja. Igår blev jag så jävla förbannad, för de gav mig fel sömnpiller. De frågade vilket fabrikat jag brukade använda och så plötsligt kom jag inte på namnet. Jag tänkte och tänkte, men kunde inte för mitt liv komma på det. Då visade de mig några burkar så att jag skulle kunna känna igen etiketten. Och det gjorde jag. Stilnoct heter det.”

”Okej.”

”Nu kommer jag aldrig mer att glömma vad de heter. Jag har nämligen kommit på ett knep. Stilla natt.”

”Stilla natt?”

”Ja. Det låter ju likadant. Stilnoct – Stilla natt. Ganska fiffigt, va.”

”Verkligen. Eller den här då – ’still knocked’ – fortfarande knockad.”

”Ja! Det var roligt.”

”Nu kommer du verkligen aldrig att glömma det.”

”Får jag åka hem snart?”

”Ja. Vi ska ju vara tillsammans hemma hela helgen.”

”Och idag är det... Vad är det? Tisdag?”

”Ja.”

”Äsch.”

”Det går fort.”

”Jag vet inte om jag klarar det. Det är så jävla... Jag vill vara hemma med mamma och med er.”

”På fredag kommer vi och hämtar dig.”

”Du kanske kommer och hälsar på innan det?”

”Ja.”

”Cykla försiktigt.”

”Javisst.”

Jag smög ut till köket, diskade tallrikarna och slängde räkskalen i papperskorgen. Om några timmar skulle de börja lukta. En liten hälsning i det tysta till personalen från mig och pappa.

Jag och Calle stod i dörröppningen till pappas rum på vårdhemmet och betraktade honom där han låg och vilade. Calle knackade lite på dörren och pappa tittade upp och brast ut i ett leende: ”Oj, kommer båda och hälsar på!” Vi pussade honom på kinden, Calle tog ner krucifixet från väggen.

”Nu åker vi hem, pappa.”

”Gör vi?”

”Javisst!”

”Vad är det för dag idag?”

”Fredag.”

”Är det fredag? Då åker vi hem!”

”Ja! Över hela helgen. Vi åker på en gång.”

”Vad fint. Vad ska vi äta ikväll?”

”Det får du se. Det blir en överraskning.”

Pappa älskade när familjen samlades runt måltiderna. Ju äldre vi blev, desto fler fritidssysselsättningar fick vi i livet, och desto mer av familjens gemensamma liv togs bort från pappa. Men middagarna behöll sin självklara status som stunden då alla var tillsammans, då alla umgicks och pratade med varandra om dagen som gått. Vi var alla utflyttade, Niklas hade fått egna barn, men vi försökte hitta en lördag eller söndag i veckan tillsammans. ”Det här var ju fint”, brukade pappa säga i slutet av måltiderna och då talade han inte om maten. Han menade samvaron.

För att fira pappas tillfälliga hemkomst, hans första permission, hade jag och Calle köpt den mat vi visste att pappa älskade mest av allt. Ungersk picksalami, rädisor, murkelpaté, skaldjurspaté, löjrom, mortadella, soltorkade tomater, tallegio, parmaskinka, rökt ål och färska smögenräkor till förrätt. Och min hemmagjorda skink- och ostpaj till huvudrätt.

”Det ska bli så skönt att sova i egen säng”, sa pappa när taxin stannade utanför Storforsplan 3 i Farsta Centrum. Både jag och Calle hade gått tidigare från jobbet för att kunna vara med pappa under hela eftermiddagen. Vi skulle titta på teve, läsa Expressen, dricka en whisky och berätta om vad som hänt på våra arbetsplatser. Men först ville pappa gå och vila sig lite efter bilfärden. Jag och Calle satte oss vid teven och tittade på en Dallasrepris. Vi talade om minnet av när JR blev skjuten på den tiden serien gick första gången i mitten av åttiotalet. Hur vi satt samlade hela familjen framför en säsongsavslutning när plötsligt ett vapen avfyrades och där låg JR skjuten i en kontorsstol. Mammas och pappas stora ögon, deras öppna munnar, någon av dem som sa ”nä, det kan inte vara sant…”

”Mamma blev direkt illa berörd av det där. Hon ville inte tala om det”, sa Calle och vi skrattade båda.

”Jag väcker pappa”, sa Calle efter en halvtimme och lunkade bort till sovrummet medan Sue Ellen gömde undan en flaska sprit i en blomvas. Fem sekunders tystnad – och sedan Calles ord:

”Var är pappa?”

”Han ligger väl och sover.”

”Nej, det gör han inte. Han ligger inte i sängen.”

”Kolla på toaletten då.”

”Han är inte där heller.”

Jag reste mig upp och stängde av teven. Pappa kunde omöjligt ha försvunnit från lägenheten. Jag kontrollerade köket och tittade i mammas rum och i biblioteket. Vi rörde oss allt snabbare och oroligare i lägenheten för att hitta honom. Jag kontrollerade till och med fönster för att utreda om han kunde gjort något otänkbart.

”Kom hit”, ropade Calle plötsligt från hallen. Han stod och tittade på skohyllan. ”Pappas skor är borta. Hans jacka också. Han måste ha gått ut.”

Iskyla genom hela kroppen.

Förvirring i några sekunder, sedan handlade vi snabbt. Vi kastade på oss våra ytterkläder, tog på oss skorna och sprang ut.

Det fanns två hissar i detta femtonvåningshus, men ingen av dem var i närheten av plan tre. Calles nervösa muttrande, ”fan, fan, fan” när vi väntade på att hissen skulle komma, och jag som tänkte högt: ”Vad fan är han ute och gör nu?” Pappa var absolut inte i skick för några egna äventyr. Han hade inte varit ensam nere i Farsta Centrum på över ett år.

Så kom äntligen hissen och vi rusade in och var mycket nära att ramma pappa. Där stod han med sin vargpälsmössa, sin blåa täckjacka och halsduken ordentligt knuten runt halsen. I handen hade han en fin bukett tulpaner.

”Hallå, pojkar”, sa han och tittade på våra förskrämda uppsyner.

”Herregud, var har du varit?” sa Calle.

”Det är fredag. Jag har köpt tulpaner till mamma.”

Så länge jag kunde minnas hade pappa varje fredag köpt en bukett med blommor till mamma. Dessa hade han sedan prydligt ställt på ett bord i hallen så att mamma såg dem det första hon gjorde när hon kom hem. Fredag efter fredag, vecka efter vecka. Även om vi var utomlands eller om pappa var tillfälligt borta hade han alltid sett till att mamma fick sin bukett. Tulpaner om årstiden tillät, annars röda rosor. Trots sin ålderdom, sina krämpor och sin tilltagande förvirring hade han inte glömt det den här fredagen heller.

”Nästa gång kan vi hjälpa dig att handla blommorna”, sa jag.

”Vad fint”, svarade pappa.

Jag stod i köket och gjorde i ordning en grogg till mig och pappa. Lyssnade på hur isen krackelerade i ljummen whisky, som en miniatyrföreställning av när mycket stora konstruktioner går sönder. Och så pappas väsande från vardagsrummet, ett ljud som blivit allt mer vanligt den senaste tiden.

”Fan skit satan helvete jävlar.”

”Vad sa du, pappa?” ropade jag.

”Ingenting.”

”Jo, jag hörde att du svor.”

”Svor? Nej, det tror jag inte. Det kanske var från teven.”

”Nej, det var inte från teven.”

”Jaså, nej, då vet jag inte vad det var.”

Jag räckte över whiskyn till pappa som genast drack utan att grimasera det minsta. Han såg ganska belåten ut där han satt och utforskade teven, men jag hade sedan länge lärt mig att tyda de där svordomarna som då och då kom, helt utan provokation. Det var pappas sätt att uttrycka sin egen dödsångest. När den inneboende oron och rädslan för att dö blev för påtaglig började han rabbla fula ord. Det fanns varken tanke eller grammatik i dem, de bara forsade ur hans mun när han hamnade i de tankebanorna. Det skedde oftast framför ett dåligt teveprogram eller när han låg och vilade i sängen.

Vi satt tysta en stund och tittade utan att titta på en repris av ett jaktprogram på TV4. Pappa hade de senaste månaderna valt att stänga av ljudet på teven, han orkade inte med allt babbel. Han ville bara ha rörelse omkring sig, ett sällskap i sin ensamhet.

"Hur ofta tänker du på döden?"

"Hur menar du då, tänker på döden?"

"Hur ofta funderar du på vad som kommer att hända när du dör?"

"Hela tiden."

"Hela tiden?"

"Ja. Jag påminns om den hela tiden, i allt som händer omkring mig. Så fort jag fyller år tänker jag: Nu är jag ett år närmare döden. Vid varje högtidsdag tänker jag: Undrar hur många fler jag får uppleva. Jag ser en gammal gubbe på teve och tänker: Undrar vem som dör först, han eller jag. Det går inte många minuter från att jag vaknar på morgonen innan jag på något sätt tänker på döden."

"Du har många år kvar att leva, pappa."

"Det spelar ingen roll hur gammal jag är. Jag har haft den här ångesten i tio år. Jag tänker på att alltsammans är en nedräkning till döden. Jag såg ett av de där sjukhusprogrammen på teve igår. Där var det någon läkare som förklarade för en patient att ett hjärta endast har kapacitet att slå ett visst antal slag. Sen klarar det inte mer. Jag minns inte siffran, kan det varit fem hundra miljoner?"

"Jag vet inte."

"Säg att det var det. Efter fem hundra miljoner slag

är hjärtat färdigt, då stannar det. Ända sen jag såg det där programmet så uppfattar jag hela livet som en nedräkning. Det är därför jag inte gärna går i trappor i onödan och jag försöker att inte överanstränga min kropp – då blir det ett läckage av hjärtslag. Jag vill inte göra av med hjärtslag i onödan. När jag lägger mig i sängen på kvällarna så hamnar jag ofta i en position där jag känner min puls någonstans på kroppen. I handleden eller i vaden eller var det nu kan vara. Och när jag känner pulsen tänker jag varje gång: Nu räknar min kropp ner mot döden. Och för varje dag som går, eller för varje hjärtslag, kommer jag närmare finalen. Så känns det."

"Så kan du inte gå runt och tänka, pappa."

"Men det gör jag. Och då spelar det ingen roll att du lovar mig att jag kommer att leva i många år till. Tiden är utmätt."

"Som Tranströmer-dikten. När döden kommer och tar mått på honom. Han försvinner sen, men kostymen sys i det tysta."

"Precis så! Det är så det känns. Kostymen håller på att sys."

"Jag är också rädd för döden."

"Det ska du inte vara. Du är för ung för att oroa dig för det där."

"Det gör jag ändå. Men vet du att jag faktiskt hoppas att min dödsångest ska minska med åren. Att ju äldre man blir, desto mer accepterande och omfamnande blir man inför döden."

"Så kanske det är för vissa. Men inte för mig. För mig blir det bara värre och värre. Varje kväll ber jag en bön till Gud innan jag somnar. Jag ber för mamma och för er och alla barnbarn. Och så tackar jag Gud för att jag har fått leva idag, sen ber jag om att få leva en dag till."

"Gör du det? Ber om en dag till?"

"Varje dag."

Pappa bad om en whisky till och jag gick till köket och donade med den. Jag tänkte att pappa inte hade en aning om hur orolig han just gjort mig, för hans gener är mina och om femtio år är det jag som tackar Gud för dagen som varit och skräckslaget ber om en till.

”De pratar mer här. Men de säger bara dumheter.”

Pappa hade blivit förflyttad till ett nytt vårdhem, som låg åt Enskedehållet. Till det yttre liknade hemmet det förra med interiörer som påminde om en nedgången förskolas, men här var patienterna inte lika gamla och så där omedelbart döende som på förra stället. De satt inte utslagna i fåtöljer och förvånades över att de fortfarande andades. De flesta här inne visste vad de hette och kände igen sina familjemedlemmar när de kom på besök. Några av individerna hade till och med hopp om livet. Vissa utövade fritidsaktiviteter och flera av dem pratade med varandra på ett vänligt, stillsamt vis.

”En av dem kände igen mig och ville prata teve med mig”, sa pappa. ”Han satte sig bredvid mig under frukosten och började hålla på. Det var okej ett tag, men sen hävdade han plötsligt bestämt att Sveriges Television fyller hundra år i år. Hundra år! Jag försökte argumentera med honom, förklarade att det inte fanns någon television i början av århundradet, att det faktiskt knappt fanns el på den tiden. Men nej, nej, han vidhöll detta bestämt. Sveriges Television fyller hundra år. Då försökte jag avsluta samtalet, men han följde efter mig vart jag än gick och skulle prata teve hela dagen. Till slut röt jag till. Bad honom fara åt helvete. Och sen dess har han inte visat sig."

Jag hade med mig Disney-filmen *Fantasia* på ett VHS-band som jag gav till pappa. Han hade vid något tillfälle berättat om när han såg den första gången under en resa till New York och hur fantastisk han tyckte att musiken var. Han hade sedan försökt få tag på filmen, men inte lyckats. Jag hittade den i en affär för begagnade skivor och filmer vid Hornstull.

Pappa granskade omslaget med Musse Pigg i trollkarlsluva en stund. "Vad fint. Men jag tror inte de har en sån där spelare här", sa han.

"Inte? Men då köper jag en så att du kan ha den inkopplad i din teve", svarade jag.

Vi bestämde oss för att gå ut i friska luften och ta en promenad. Vi gick förbi matrummet. Två kvinnor ur personalen nickade och log åt oss när vi gick förbi. Vitklädda, pagefriserade, med inomhustofflor och nyckelknippor vid midjan. En av dem hastade fram till oss för att byta några ord. Jag presenterade mig som pappas son och hon sa "nämen, vad trevligt" och uttryckte genast förhoppningar om att pappa skulle trivas i det nya boendet. "Vi ska försöka göra det så trevligt för honom som det bara går", sa hon. Jag konstaterade att den här kvinnan pratade helt oblygt om pappa i tredje person när han stod en decimeter ifrån oss.

"Har ni möjligtvis en VHS-spelare här?" frågade jag.

Kvinnan gjorde en överdrivet dyster min. "Nej, vi har ju inte det. Tyvärr." Så vände hon sig mot pappa. "Jaså, ska Allan ut på en promenad. Vad skönt, då", sa hon på ett språk som gränsade till det man använder när man pratar med mycket små barn.

Pappa nickade bistert och vi gick vidare. ”De tror visst att jag är en hund”, viskade pappa till mig när vi kommit en bit.

Vi gick längs en lång korridor. Gula väggar, golvet matt och blankt på samma gång, lysrör surrande i taken, och utanför hade det just börjat regna.

”Ska vi gå lite senare, när det slutat?” frågade jag.

”Nej, det är lika bra att gå nu. Annars får vi det aldrig gjort”, sa pappa och lufsade vidare med en lätt haltning på höger ben som jag inte sett förut.

”Har du ont i benet?” frågade jag.

”Nej då”, svarade pappa.

Dörrarna ut från hemmet hade försetts med barnlås, jag har sett dem tidigare på förskolor. Man var tvungen att hålla inne en knapp med ena handen samtidigt som man låste upp dörren med den andra. Uppenbarligen fungerade de här barnlåsen också på gamlingarna, för pappa stod hjälplös när vi nådde en ny dörr, betraktade den som ett oöverstigligt hinder och väntade på att jag skulle öppna den.

Sedan gick vi ut i gråheten. ”Hur är det med mamma?” frågade pappa.

”Bra. Hon hälsar till dig.”

”Kommer hon och hälsar på, tror du?”

”Ja, det tror jag.”

”När då?”

”Jag vet inte riktigt.”

”Calle var här i förmiddags.”

”Jag hörde det. Var det trevligt?”

”Mycket. Han hade med sig räkor.”

”Var de i tredje fasen?”

”Inte alla. Men några.”

”Man får vara glad för det lilla.”

”Just så.”

Vi tog tre varv runt vårdhemmet i stilla regn innan vi gick tillbaka till hemmet, genom de barn-gamlingssäkra låsen och in i gula korridoren. Vi skildes åt i matrummet med en puss och jag minns hur jag gick därifrån med en känsla av både glädje och förtvivlan. Glädje över att pappa kämpade med sin kropp, att han tog sina promenader trots regn och vägrade att förhandla med sina krämpor, att han insåg vikten av att inte hamna stilla och rörelsehindrad i en säng. Och sorg över att pappa på tillbakavägen inte hittade in till sitt eget rum utan att få hjälp av sköterskan.

Jag hade just börjat röka inför mamma. Det var ingen avslappnad aktivitet, men jag gjorde det. Jag höll cigaretten gömd under bordet, i förhoppning om att det inte skulle märkas lika mycket, tog ett snabbt bloss i ett obevakat ögonblick och sänkte sedan cigaretten igen. Jag satt i vardagsrumssoffan i Farsta och mamma bjöd på kaffe så starkt att det tog andan ur en.

Mamma stod bredvid mig och talade i telefon med pappas läkare. Jag lyssnade på samtalet och bedrev den typen av detektivarbete som man alltid gör när man lyssnar på bara den ena rösten i ett samtal mellan två.

”Och vad visade den?”

Pappas gång oroade oss allt mer. Det hade börjat med att han haltade lite lätt på vänsterbenet. Det syntes knappt om dagarna, men om kvällarna när han blev trött såg vi att han släpade vänsterbenet efter sig. Vi frågade om han hade ont i benet, och pappa svarade som vanligt, muntert avfärdande: ”Nej, nej. Jag är lite trött, bara.” Vi frågade honom om han hade slagit sig illa någon av de gånger då han hade ramlat, men då snäste han bara. ”Jag mår okej.”

Vi påtalade ändå detta för hans läkare. Berättade om hans många fall och hur han plötsligt inte riktigt kunde gå normalt. Läkaren undersökte pappas ben, men upptäckte inga oegentligheter. Det var hans formulering. ”Det finns inga oegentligheter.” Det var inte svullet över huvud taget och det fanns ingen anledning att misstänka några benbrott, sa han. Skulle man inte ta en röntgenbild av benet för säkerhets skull, undrade vi. Nej, läkaren kunde lova att det vore lönlöst. Det fanns inga oegentligheter.

”Du beskriver något som vi anat i flera veckors tid, men du har inte velat lyssna. Det var ju redan i maj som jag första gången ringde dig och berättade att Allan haltade och att det borde kollas upp. Jag kan tycka att det är anmärkningsvärt hur du bara struntade i det, med tanke på vad du säger till mig nu.”

Det blev värre. Han sa inte ett ord om det och visade inga tecken på smärta i ansiktet, men släpandet av benet tilltog. Till slut lyfte han det knappt från marken när han gick. Vi talade återigen med läkaren. Varskodde honom om att pappa knappt kunde gå längre. Till sist gick läkaren motvilligt med på att röntga pappa.

”Och vad innebär det i klarspråk?”

Ett av pappas fall hade sannolikt tagit värre än vad pappa velat erkänna. Vi borde så klart ha insett det tidigare. Vi borde ha förstått bättre. Under alla år, från att jag var ett litet barn, har jag aldrig sett pappa uttrycka smärta. Inte ens den där gången när han skulle lära Calle använda kastspö för första gången och kroken fastnade så djupt i pappas vad att han fick åka till sjukhuset och operera bort den. Vi borde naturligtvis agerat tidigare. Vi borde ha förstått att pappa faktiskt hade skadat sig.

”Var exakt sitter lårbenshalsen?”

Kanske hade han bara fått en liten spricka någonstans i benet. Möjligen skulle den läka av sig själv, bara pappa inte rörde på sig så mycket. Han fick åka runt i rullstol i några veckor och sedan skulle han vara uppe på benen igen. Pappa hade ju viljan och viljan är viktigast av allt. En kropp läker fortare om kroppens ägare verkligen vill att den ska läka.

”När sker operationen?”

Mamma viftade med fingrarna och jag sträckte henne en penna och en bit papper. Hon fixerade telefonluren vid hakan och gjorde några anteckningar med en handstil som var så vacker att den kändes rent artonhundratalsmässig. Fyllde i datumet och tiden några gånger med bläckpennan medan hon lyssnade vidare. Det blev tyst på andra sidan. Mamma strök under informationen med ett kraftfullt streck.

”Är det farligt? Jag menar… Kan han dö?”

Mamma bet på en nagel och tittade ut över Farsta Centrums söndagstomma torg. Hon var målad i ansiktet och bar en svart kjol och en vit blus. Hon gick fram och tillbaka och trasslade in sig i den där telefonsladden som vi dragit i så många gånger under barndomen att den förlorat all sin spänst. Mamma lyssnade noga på läkaren som tydligen inte kunde ge ett klart besked. Han verkade föra långa resonemang på andra sidan luren, tycktes ha mycket att diskutera rörande pappas chanser till fortsatt liv. Mamma nickade och sa något för att bekräfta att hon hade förstått. Så avslutades samtalet.

Mamma satte sig ner bredvid mig. Hon gjorde sig beredd att återge samtalet för mig, men det behövdes inte, för jag förstod de stora dragen och just då var det den enda information som jag var beredd att ta in.

Jag går till min terapeut Leo varje fredag. Vi sitter i en timme och pratar om det som faller oss in. Det är svårt att förklara varför, men varje gång jag lämnar hans plastiga mottagning känner jag mig stark, frisk och ren.

Det är inga mirakel han levererar, Leo. Han låter mig berätta om en episod, något som hänt på jobbet igår, ett bråk jag hade med min flickvän i förra veckan eller något minne ur barndomen. Och när jag tystnar, känner att ämnet är uttömt, lägger han elegant upp bollen så att jag kan byta spår. Ibland avbryter han med följdfrågor, men oftast sitter han tyst och lyssnar och nickar. Han är mycket skicklig på det där. Någon gång per session reser han på sin tunga kropp, går bort till den vita tavlan och ritar några grafer med värdcord som "vilja" eller "önskan" vid sidan om, ibland förstår jag dem och ibland inte. Timmen tar snabbt slut och vi tar farväl med vänligt löfte om att ses igen om en vecka. Så ser mina fredagsmorgnar ut och jag tycker mycket om dem.

Jag har på senaste tiden upptäckt att Leo aldrig bjuder på kaffe när jag är där. Det är oklart varför. När jag kommer in på mottagningen kan jag känna kaffedoften omedelbart och jag vet att han bara för någon minut sedan satt vid sitt skrivbord där borta och drack en kopp. Men mig bjuder han aldrig. Idag åker jag därför en omväg till Leo, via ett café på Odengatan där de serverar latte-to-go, och när jag kommer in till Leo visar jag upp muggen, nästan i triumf, och säger: ”Jag hoppas att du inte misstycker att jag tog med mig en kopp kaffe.” Leo säger att det har han inte alls något emot och hans otvungenhet över saken gör mig en smula besviken. Han bjuder mig att sitta ner i min fåtölj mitt emot honom. Så det vanliga kallpratet som skalar bort stelheten mellan oss. Jag berättar att min flickvän snart fyller år och att jag undersöker möjligheterna att importera rosor från Ecuador. Där finns nämligen världens längsta rosor, några av dem kan bli över två meter långa. Jag säger att jag vill ge dessa rosor till min flickvän som en överraskning på morgonen när hon vaknar och Leo säger att han tycker att det är en bra idé. Jag berättar för honom att pappa gav blommor till mamma varje fredag under hela deras äktenskap och Leo säger att han tror att jag nämnt det någon gång tidigare.

”Jag har märkt att du hela tiden talar om din pappa i oerhört positiva ordalag”, säger Leo.

”Ja. Det finns väldigt lite ont att säga om honom. Jag menar, han var ju en pappa som vilken som helst på många sätt. Han kunde försumma oss när han jobbade mycket i långa perioder. Och han hade hetsigt temperament och kunde bli arg på oss för obetydliga småsaker. Och mot slutet var det mycket med hans krämpor. Men den kärlek han kände till oss barn, den tror jag väldigt få människor får uppleva i sina liv. Det var ju framför allt det som gjorde honom till en så härlig pappa – att han älskade oss. Han älskade oss mer än något annat på jorden."

"Var han aldrig dum mot er?"

"Hur då dum?"

"Ja… Slog han er aldrig?"

"Nej. Aldrig."

Det var en sommar i Värmland. Det kan ha varit 1987. Rollerna var ombytta mellan mamma och pappa. Pappa hade pensionerat sig från SVT och var mest hemma och påtade om dagarna. Han gladdes åt att skriva någon krönika i veckan för en lokaltidning och att recensera teveprogrammen för landsortspressen. Ibland var han nämndeman i tingsrätten och då och då blev han inkallad som gästföreläsare på Kaggeholms Folkhögskola. Lite bitter var han nog på SVT för att de helt vände honom ryggen den dag han fyllde sextiofem, men nöjd över att kunna vara hemma och ta hand om sin familj efter ett långt liv i karriären.

Nu var det mammas tur att ta för sig. Så var det bestämt mellan dem från den dagen de blev tillsammans. Pappa skulle ta de första tio åren och mamma de följande tio. Efter några inhopp som programledare för olika magasinsprogram i södra Sverige valde mamma att börja arbeta inom näringslivet. Hon blev informationschef på Procordia och jag minns hur hisnande det var när hon berättade att hon hade femtio tusen kronor i månaden och jag undrade hur jag skulle bära mig åt för att en dag tjäna lika mycket pengar som hon. Vd:n på företaget hette Sören Gyll och det var mamma som skrev alla de tal han höll i offentliga sammanhang. Mamma kallade sig själv för spökskrivare, en person som egentligen inte existerade över huvud taget. När Sören höll något tal som sändes i teve, tittade både mamma och pappa på under koncentrerad tystnad och när han var färdig tog pappa mamma i handen och sa: ”Vad duktig du är.” Och mamma svarade alltid samma sak: ”Han blir bättre och bättre på att lära sig manus utantill.”

Nu var det mamma som var försvunnen på jobb under långa perioder och när hela familjen i vanlig ordning reste till torpet för att göra sommar i början på juni, var mamma tvungen att stanna kvar ett par veckor i Stockholm.

Pappa var inte särskilt bra på att göra mat. En dag i början av sommaren hade vi tjatat om att vi skulle få pannkakor till middag. Pappa hade tvekat, i efterhand förstod jag att det berodde på att han aldrig hade gjort pannkakor och inte visste hur det gick till, men till slut gick han med på det. Vi handlade ägg, mjöl och mjölk i lanthandeln i Gustavsfors.

Niklas anmärkte på att pappa lagade mat i bara kalsongerna. Han tyckte att det var äckligt. Pappa vispade ihop smeten och svarade: ”Äsch, larva dig inte nu.” Så började han steka dem, men det blev inte alls som när mamma gjorde pannkakor. De trasade ihop sig när pappa skulle vända på dem och kvar blev bara en geggig, vidbränd hög i mitten.

”Det där vill inte jag äta”, sa jag.

”Sluta nu. Det smakar precis som riktiga pannkakor.”

”Det ser inte ut som riktiga pannkakor.”

”Nu har jag gjort pannkakor som du ville och vad är tacken? Att du inte vill äta dem?”

”Men det där är inte pannkakor. Det där är ju bara gegga.”

”Smaka på en nu.”

”Nej.”

”Du ska äta de här pannkakorna.”

”Nej.”

”Jag lovar dig, att om det så är det sista jag gör, så ska jag se till att du äter de här pannkakorna.”

”När mamma gör dem blir de i alla fall bra.”

”Håll käft, unge!”

”Håll käften själv! Gubbjävel!”

När pappa hörde gubbjävel brast det för honom. Det var som att trycka på en knapp. Han kastade stekpannan i väggen och slog till mig med full kraft i ansiktet.

Jag föll omkull, men hämtade mig från slaget på några sekunder och skrek: ”Jävla äckliga gubbjävel!”

Pappa tog ett steg mot mig och jag flydde ut mot trädgården och pappa sprang efter. Han hann ifatt mig borta vid tvättstrecket och sparkade till mig så att jag föll till marken.

”Vem är det du kallar gubbe?” skrek han och sparkade till mig ännu en gång där jag låg. Jag försökte parera sparkarna, skyddade mig mot dem så gott det gick. ”Är jag en gubbe?” skrek pappa och fortsatte att sparka med sina träskor. Så slutade han. Och började gråta. Stod framåtböjd framför mig och grät. Jag låg blickstilla och sa inte ett ljud. Så gick han in igen. Mina två bröder stod skräckslagna och tittade på alltsammans ute vid trappen och ryggade åt sidan när han gick förbi.

Jag låg kvar där i gräset länge. Chockad över vad som precis hade hänt. Jag hoppades att jag blödde någonstans, så att pappa kunde se vad han hade gjort. Inifrån huset hörde jag hur pappa lyfte telefonen och slog ett nummer.

"Du får ta hand om de här jävla ungarna själv. Jag klarar det inte. Jag åker härifrån nu." Ytterligare några upprörda utspel, sedan lade pappa på luren. Jag låg fortfarande kvar i gräset när han åkte iväg. Han kontrollerade inte ens hur det var fatt med mig.

Två aktörer i olika roller. Pappa som "åkte iväg", men som alltför väl visste att han skulle återvända. Och jag som spelade avliden i gräset.

Jag reste mig upp.

Och pappa kom hem.

Dagen och sysslorna tog vid.

Vi talade aldrig om händelsen igen.

Midsommarafton, 2003

Mamma hade samlat alla barnen till familjerådslag hemma i lägenheten i Farsta. Det var en besvärlig sak att göra nu för tiden. Niklas bodde i Hagfors i Värmland tillsammans med sin fru Ninni. Jag hade flyttat hemifrån och jobbade dubbelt, både som journalist och översättare av filmer. Och Calle arbetade kvällstid som bartender. Det var sällan vi samlades allihop.

Alla deltog i mötet, utom pappa som låg och sov på sitt rum. Mamma bjöd på starkt kaffe och kaviarmackor. Vi var alla morgonrufsiga och långsamma i rörelserna. Nyuppstigna och uppryckta från våra respektive hem. Tanken var att vi allihop skulle åka till torpet så tidigt som möjligt på dagen, för att inte komma fram för sent. Men dagarna innan hade det mer och mer gått upp för oss alla vilket projekt det skulle innebära att ta pappa till torpet. Bekymmer efter bekymmer tornade upp sig. Alla hade med pappas ålderdom att göra.

Han kunde inte gå i trappor längre, vilket innebar att han inte skulle ha tillgång till sovrummet där uppe. Det kunde vi ordna genom att installera honom i gästrummet på nedervåningen. Och vi kunde enkelt ta med rollatorn i en bil så att han kunde ha den på torpet. Men mellan varje rum fanns det trösklar som pappa inte skulle kunna ta sig över med rollatorn. Och utomhus, bland stenar och grästovor, skulle han inte kunna manövrera den över huvud taget. Dessutom var toaletten inte handikappanpassad, vilket innebar att han inte skulle kunna använda den utan vår direkta assistans. Vi stod inför en sommar där pappas minsta rörelse skulle vara beroende av oss. En sommar där pappa inte skulle kunna bada i sjön, inte basta, inte ro ut med ekan och lägga nät, inte gå bort till dungen uppe vid ån och plocka liljekonvaljer till mamma. Han skulle tvingas avstå alla de saker som gjort att han älskat det där stället i så många år.

”Jag tycker inte om det, men jag tror att vi får ge upp planerna på att åka till torpet med pappa”, sa mamma. Och vi andra sa ingenting, rörde i kaffet utan att lyfta blickarna. Men vi förstod att hon hade rätt. Beslutet fattades snabbt under detta familjerådslag där familjens överhuvud inte deltog. Jag hatade att ta beslut över pappas huvud på det sättet. Som om han vore ett litet barn.

Vi väckte pappa och resonerade kring det med honom. ”Jaha. Då har jag sett Värmland för sista gången”, sa pappa till oss där han låg i sin säng och vi svarade omedelbart: ”Nej nej nej, pappa, inte alls. Du är tillbaka i Värmland nästa sommar.” Både vi och pappa visste nog att det var en lögn som fick oss att må lite bättre.

Vi gjorde vad vi kunde för att göra midsommaraftonsfirandet i en lägenhet i Farsta till en fest. Vi köpte sill, brännvin, köttbullar och prinskorvar. Calle stal blommor från kommunens rabatt nere vid torget och placerade på bordet. Vi donade med att skapa stämning, men pappa var trött och låg mest i sängen. Jag, Calle och Niklas kom ibland in i hans rum och småpratade med honom. ”Det är sorgligt att vi inte är i Värmland. Vi skulle ju spela Coca-Cola Cup”, sa pappa. Och vi stod omkring honom och gjorde vad vi kunde för att försäkra honom om att det inte spelade någon roll, att det viktigaste var att vi var tillsammans, att vi nu skulle ha ett fint midsommarfirande ihop. Men det gick inte att trösta pappa. Han grät, snörvlade och torkade sig med en av de många näsdukarna som låg utspridda i sängen. ”Coca-Cola Cup tar bara en paus. Den kommer tillbaka”, sa Calle och vi andra instämde. Pappa låg i sängen och tittade i taket med sina glansiga gråtarögon. ”Jag vet inte ...”, sa pappa, men så avbröt han sig. Han lyfte huvudet och tittade på oss barn där vi stod omkring honom. Med svag men bestämd röst sa han: ”Nej. Coca-Cola Cup tar ingen paus. Tävlingen ska avgöras idag. Här i lägenheten.”

Plötsligt fanns det en glöd i pappas ögon. Jag kunde göra vad som helst för att se till att den inte försvann. Självklart skulle vi spela Coca-Cola Cup här i Farsta. Det här var en tävling som gick av stapeln TILL VARJE PRIS. Genast började vi smida planer. Var skulle tävlingen äga rum? Hur fick vi tag på en boll? Vad skulle kunna utgöra en fungerande målbur?

Sedan gick allt fort. Calle sprang ner till affären

och köpte Coca-Cola, jag och Niklas ordnade fram en plastboll av en granne och vi möttes igen efter trettio minuter. Pappa kom utrullande från sitt sovrum. Han var klädd i morgonrock och hans gråa hår stod åt alla håll.

"Då vill jag hälsa er varmt välkomna till Coca-Cola Cup", sa pappa och vi bockade och sa "tack så mycket". Mamma stod i köksdörren och övervakade leende tävlingen samtidigt som hon höll ett öga på köttbullarna.

Dörröppningen mellan hallen och vardagsrummet fick bli mål och vi ställde oss på två meters avstånd för att skjuta. Pappa fick hålla i sig och då kunde vi avlägsna rollatorn från honom. Och så sköt vi.

Ryggen var krokigare och andningen mer oregelbunden, men den bistra uppsynen när pappa levererade en Coca-Cola efter ett insläppt mål var exakt likadan som den var för sjutton år sedan då pappa stod på gräsplanen vid torpet och högtidligt förklarade den första Coca-Cola Cup invigd.

"Väl skjutet", sa pappa och vi bockade och tog emot burken som vi genast visade upp i triumf mot mamma.

Jag och Calle satte en straff var, men Niklas vann med två. Sedan gick pappa och lade sig för att vila igen.

"Det var fint", sa pappa till Calle när han hade lagt sig ner i sängen igen.

"Ja. Det var fint", sa Calle.

Vi hade än en gång vunnit kampen mot pappas ålderdom. Vi skrev i pappas kalender:

Coca-cola Cup, sjuttonde årgången
Alex: 1 Coca
Calle: 1 Coca
Niklas: 2 Coca

Jag vandrade omkring i en av Södersjukhusets oändliga korridorer. Vilse sedan en stund, det är ett svårnavigerat sjukhus. Den ena korridoren liknade den andra. Dörrar till vänster, dörrar till höger och rakt fram lysrörslampa efter lysrörslampa.

Det enda som skilde korridorerna från varandra var sjuklingarna som bebodde dem. Nya ansikten bakom varje hörn. Patienter som hörde mina fotsteg, tittade upp och besviket konstaterade att jag inte var doktorn som äntligen kom för att ta en titt på dem. De flesta sjuklingarna hade egna rum, där låg de och väntade på mat eller annat som kunde få tiden att gå. Det doftade tomatsoppa i korridoren. Andra patienter hade placerats i rullsängar i korridoren. Där väntade de på vidare besked. I övrigt: vitklädda människor som korsade min väg, flitigt saxande mellan de jämrande rummen. Jag passerade någon anhörig som stod och tittade på klockan och sa att han måste sticka och kände den outtalade besvikelsen hos sjuklingen som åter skulle bli lämnad ensam. Sjuka människor överallt, men inga läkare. Jag hade varit vilse i femton minuter, men ännu inte sett en enda läkare. Sköterskorna fanns däremot överallt. De gick runt i skor så fotriktiga och inomhusanpassade att man inte hörde deras fotsteg. De var mycket svåra att upptäcka över huvud taget, särskilt mot den vita bakgrunden.

”Behöver du hjälp med något?”

Jag vände mig om. Hon hade smugit sig på mig bakifrån, ljudlöst. Det var en kvinna i fyrtioårsåldern, vit och grön från topp till tå med Södersjukhusets sigill intill fållen. Hon hette Annette enligt en väl synlig namnskylt på bröstet. Hon hade accentuerat sina vänliga drag en smula för mycket med kajalpenna. Jag berättade att jag skulle till något som heter Kardio-Intensiven. Kardio-Intensiven? Nej, den visste hon faktiskt inte var den låg. Kardio-Intensiven, hette det så? Nej. Aldrig hört om. Hon tipsade mig om att kolla informationstavlan ute i hallen. Hon ursäktade sig och tassade bort på sina ljudlösa fötter.

Jag gick vidare. Ännu en korridor. Dörrar till höger, dörrar till vänster. Jag tänkte på Tomas Tranströmer. Han beskrev sjukhus som ”ett lidandets parkering”. Både målande och rättvist beskrivet. Jag var på en parkeringsplats där lidandet stannar till en stund för att övervakas av pulsmätare, läkare och monitorer. Jag gick förbi en vagn där det fanns kaffe och Mariekex. På termosen hade någon tejpat fast en lapp med text i versaler: ”KAFFE FEM KRONOR – OM DU INTE BETALAR KOMMER DEN HÄR TJÄNSTEN ATT TAS BORT FRÅN SJUKHUSET!!!!”

Jag passerade en balkong där patienter och sköterskor samsades om rökutrymmet. Nedanför glittrade Årstaviken. Lidandet hade åtminstone en hänförande utsikt när det var på besök. Man såg ända bort till Globen härifrån. Och åt andra hållet hävde sig Årstas vilda grönska. Jag öppnade dörren till balkongen. ”Jag är på väg till Kardio-Intensiven, kan någon av er berätta var det ligger?”

Kardio-Intensiven? Ja, då hade jag minsann gått helt fel. En av sköterskorna gav mig en mycket avancerad färdbeskrivning. Jag skulle till andra sidan huset. Ner med den hissen, genom den korridoren och upp med den hissen och vidare i den korridoren och sedan var jag där.

Kardio-Intensiven. Vilket namn på en avdelning. Det är inte som på dagis, där avdelningar får namn som Blomman, Hästen eller Skorpan. Kardio-Intensiven var den avdelning som pappa dagen före hade blivit förd till i ambulans för att operera sin brutna lårbenshals. Det skedde utan blåljus eller dramatik. Två tystlåtna män i gula uniformer ringde på dörren i Farsta. De var väluppfostrade och artiga. Vi erbjöd dem en kopp kaffe innan de åkte, men de avböjde. Pappa placerades på en brits, spändes vänligt fast och fördes ner mot ambulansen. Pappa var samlad, men rädd. Man såg det i hans ögon som var större än normalt. Klarvakna och iakttagande på ett sätt som jag inte upplevt på länge. Pappa blev försiktigt förd in i ambulansen och hans stora ögon vandrade över monitorerna och slangarna där inne.

”Vad ska ni med allt det här till?” frågade pappa.

”Det där ska vi inte använda på dig”, försäkrade en av männen.

Vi fick inte följa med pappa inne i bilen, ingen av oss förstod varför, men sådana var reglerna. Vi tog farväl av honom vid ambulansen.

”Vi ses snart, pappa. Det här kommer att gå bra, alltsammans”, sa jag. Pappa tittade ner på sitt bröst och fingrade på bältet som ambulansförarna placerat runt hans kropp.

”Tror du det?” sa han.

”Helt säker. Det är en helt normal operation. De har gjort den tusen gånger förut på andra människor.”

”Jo, så är det kanske. Kommer ni till sjukhuset?”

”Det är klart. Vi kommer att vara där när du vaknar upp.”

”Vad fint.”

”Jag kanske tar med räkor.”

”Det vore fint.”

Och så tystnad medan ambulansförarna fixerade pappas bår.

”När får jag komma hem sen?”

”Jag vet inte. Vi får se vad läkaren säger. Men snart.”

Pappa sträckte ut handen mot oss och vi turades om att krama den. Sedan stängde ambulansföraren dörren och det sista jag såg av pappa var att han lade händerna på magen och riktade blicken upp i taket.

Jag tänkte på vad läkaren hade sagt till oss: ”Jag har mycket gott hopp om att det här kommer att gå bra. Men man ska alltid ha respekt inför operationer på äldre människor.”

Och nu låg pappa på Kardio-Intensiven. Jag åkte ner i en hiss och hamnade åter på Södersjukhusets bottenplan med pilar och hissar i alla väderstreck. Jag såg en läkare hasta förbi. En läkare! ”Ursäkta”, sa jag och han vände sig besvärat om. Som om han hade mycket bråttom och verkligen inte hade tid att ta en titt på min leverfläck som kanske kunde vara elakartad. Jag frågade honom hur jag hittade till Kardio-Intensiven och han fick något lättat över sig. ”Det är alldeles här. Rakt igenom korridoren, sen är du framme”, sa han och gick vidare. I samma ögonblick hörde jag hur någon ropade mitt namn. Jag tittade bort längs korridoren och där såg jag Calle och mamma vinka mot mig. De stod och talade med en annan läkare.

Jag tvingade mamma och Calle att lyssna på läkarens analys ytterligare en gång.

”Operationen har gått bra”, sa han.

”Vad innebär det?”

”Det innebär att vi har justerat lårbenshalsen och att det kommer att läka ihop. Om några veckor kommer Allan att kunna gå obehindrat igen.”

”Det var ju skönt.”

”Vi kommer dock att behålla honom på intensiven över natten.”

”Varför det?”

”Han kan inte gå över huvud taget. Man kan lyfta över honom i en rullstol, men det kommer att vara förenat med stor smärta. Och framför allt...”

”Vad?”

”Allans hjärta uppträder lite underligt. Det slår oregelbundet och vi vill övervaka det där lite närmare.”

”Vad menas med det, att det slår oregelbundet?”

”Han har ingen jämn puls.”

”Varför har han inte det?”

”Han är åttiofyra år gammal och dessa operationer är ansträngande för en man i den åldern.”

”Är det någon fara med honom?”

Läkaren avvaktade med att svara. Vägde orden i munnen innan han sa:

”Vi är lite oroade för oregelbundenheten i hjärtslagen. Vi måste hålla kvar honom på intensiven.”

Vi blev alla tysta. Försökte förstå innebörden av ”oregelbundna hjärtslag”.

”Var är pappa nu?”

”Han sover. Men ni kan gå in till honom.”

”Men vi ska väl inte väcka honom om han sover? Han behöver ju vila.”

”Han har sovit länge nu. Men ni gör som ni vill.”

”Vi går in. Men vi låter honom sova lite till.”

Rummet som pappa var inhyst i såg ut ungefär som alla andra vårdhemsrum han hade bott i tidigare, fast det var fler apparater här inne. Pappa bar Södersjukhusets vita nattlinne, men någon hade satt på honom det bak och fram. Han sov med armarna längs sidorna av kroppen. De hade spänt fast elektroder lite här och var på pappas kropp, dessa skickade signaler till en monitor som stod vid sängen. Den här monitorn blinkade och meddelade sig med underliga siffror som ingen av oss förstod. Då och då kom det in någon sköterska, kontrollerade uppgifterna på monitorn, gjorde en anteckning och försvann.

Någon hade stuckit ner en slang i pappas näsa för att han skulle kunna andas bättre och han hade dessutom en mask vid sin sida, som skulle placeras över hans mun och näsa om det behövdes.

Pappa sov och andades mycket tungt och oregelbundet. Långa andetag som vandrade fram och tillbaka genom lungorna på ett ansträngt sätt. Han snarkade inte. Men han rosslade. Ibland upphörde han att andas helt. Det blev tyst, pappa bara låg där med öppen mun. Så hämtade han kraft efter några sekunder och rosslandet vidtog. Ibland gjorde han så långa andningspauser att Calle blev rädd. Då skakade han om pappa lite lätt och sa: ”Andas nu, pappa.”

Och då började han andas igen.

Vid pappas säng fanns också en pulsmätare. Sköterskorna hade varit vänliga nog att stänga av pipet för varje hjärtslag, men vi kunde digitalt följa pappas puls.

Vi stod där och tittade på pappas oregelbundna sömn, lyssnade på hans oregelbundna andning och oroades för hans oregelbundna hjärta.

Han vaknade efter en stund. Slog upp ögonen och betraktade alla slangar som gick mellan hans kropp och apparaturen som fanns omkring honom. Sedan upptäckte han oss. ”Hej, älsklingar”, sa han och vi märkte alla att hans röst hade förändrats. Den var raspig, som om han vore svårt uttorkad. Han kraxade. Vi frågade om han ville ha vatten. ”Nej tack, jag är inte törstig”, sa pappa med en röst som gjorde att han plötsligt kändes som en främling. Som om en annan människa tagit över hans kropp.

”Hur mår du?” frågade mamma.

Pappa tittade på henne som om han inte riktigt förstått frågan. Han sträckte ut sin hand och mamma tog den. Pappa tittade mot fönstret. Jag drog genast isär draperierna.

”Titta, vilken fin utsikt du har, pappa”, sa jag.

Pappa svarade inte.

Han tittade åter på sina slangar och elektroder och maskiner. Han upptäckte slangen i näsan som han genast började fingra på. ”Ta inte bort den där. Den gör så att det blir enklare för dig att andas”, sa mamma och pappa släppte genast taget om slangen.

”Jag är trött. Jag måste nog sova lite nu”, sa pappa.

Vi gjorde oss beredda att lämna rummet.

”Alex”, sa pappa. Jag vände mig om mot honom och mötte hans matta blick. ”Hade du med dig räkor?”

”Nej, jag glömde det.”

”Det gör inget. Jag var ändå inte så sugen. Men jag vill åka hem. Jag vill så gärna sova i egen säng.”

”Jag vet. Jag ska fråga läkaren och se vad han säger.”

”Vad fint.”

Jag vaknade av att det ringde på min hemtelefon tidigt på morgonen därpå. ”Tja, det är jag!” Det var Calles röst, och det hördes direkt på upprymdheten att han inte kom med dystra besked.

”Pappa mår bättre!”

De hade sent under gårdagskvällen börjat behandla pappa med antibiotika och hans kropp hade svarat på medicineringen. Natten hade sedan behandlat honom väl och nu var hans tillstånd stabilt. Han mådde så bra att han till och med blivit förflyttad från intensiven och alla de där märkliga maskinerna in till ett vanligt sjukrum på sjukhuset. Det betydde en enda sak: det var inte längre fara för pappas liv.

”Jag var där och hälsade på nyss”, sa Calle. ”Han var hur pigg som helst. Vi satt och pratade om ditt och datt med varandra, precis som förr. Han bad mig till och med gå och köpa Expressen så att han hade något att läsa”, sa Calle.

Jag gick med lätta steg ner till Gullmarsplans tunnelbanestation för att ta mig till Södersjukhuset. Grön linje norrut, en station till Skanstull och sedan en av de blåa bussarna västerut på Ringvägen.

Pappa låg och läste Expressen när jag kom in i hans rum. Calle hade redan hängt upp krucifixet på väggen över hans huvud och fotografiet av mamma stod vid sidan av sängen. ”Hej, älskling”, sa pappa och jag kände genast lättnad över att hans röst lät normal igen. Pappa låg som han alltid brukade göra, på rygg i sängen med den ena foten över den andra och ena armen under kudden. Mattheten i blicken var försvunnen. Pappa verkade vara frisk och vital. Han hade fortfarande en pulsmätare kopplad till kroppen, men den trummade stadigt på utan oregelbundenheter.

Jag satte mig på sängkanten för att börja putsa hans glasögon. ”Vad skönt att slippa den där näsmakapären. Den kliade förfärligt”, sa pappa.

Vi pratade lite om operationen. Han mindes ingenting av den.

”Jag var så orolig för hur det skulle gå”, sa pappa.

”Det var jag också.”

Pappa lade ifrån sig tidningen och log mot mig.

”Jag är så glad att du kommer och hälsar på mig.”

”Det är klart att jag gör det.”

”Tror du att jag kan åka hem snart?”

”Jag hoppas det. Jag tror nog att läkarna vill ha kvar dig här i en dag eller två. Men sen åker vi hem.”

”Jag längtar verkligen hem. Jag vill vara med er.”

”Jag vet.”

Pappa böjde sig långsamt för att nå sugröret så att han kunde dricka lite vatten.

”Och snart är det kräftsäsong”, sa jag.

”Är det?”

”Ja, det är snart augusti.”

”Ja, herregud, det är det.”

”Jag ska fixa svenska flodkräftor till oss.”

”Oj. Det vore fint. Du ska köpa från dem vi använde förra året. De var riktigt bra.”

Jag satt på hans sängkant, lycklig över att kunna föra ett fullständigt normalt samtal med min pappa. Efter en stund tog vi farväl. Jag skulle till jobbet och pappa skulle vila litegrann. Vi pussade varandra på kinden. När jag tagit två steg utanför rummet hörde jag pappas röst: ”Alex!” Jag gick tillbaka och ställde mig i dörröppningen. Pappa låg där med sina hoplappade glasögon lite på sned över näsan.

”Jag älskar dig, Alex.”

”Jag älskar dig också.”

Och så gick jag.

Mamma hade hälsat på pappa på eftermiddagen samma dag. Hon ringde senare på kvällen och berättade att han hade varit på gott humör. Han hade varit irriterad på maten på sjukhuset, men ändå ätit den med aptit. Båda sakerna var ett gott tecken. Han hade fattat tycke för en av de manliga skötarna. De förde långa samtal och pappa hade till och med berättat någon anekdot från förr. Det hade han inte gjort på mycket länge. Pappa hade verkat vara piggare och friskare än på mycket länge. Och under mammas besök hade han ständigt återkommit till att han ville åka hem. Mamma hade talat med en läkare om saken. De sa att de tyckte att han borde stanna över natten, men att vi utan problem kunde hämta honom nästa dag. Mamma hade lovat pappa att vi skulle komma allihop nästa morgon och åka tillsammans till Farsta.

Jag åt middag på Sturehof med Calle på kvällen. Så skönt att känna hur de senaste dagarnas oro och rädsla domnade av i takt med intagande av iskall vodka. Faran var över för den här gången och jag och Calle planerade för något av en nystart. Vi var överens om hur viktigt det var att pappa började motionera omedelbart som en del av rehabiliteringsprocessen. Han fick inte fastna i den där rullstolen.

Han måste upp ur den så fort som möjligt. Vi lovade oss själva att vi skulle gå ut och gå med honom oftare än vad vi hade gjort tidigare. Vi kom överens om att vi omedelbart skulle köpa ett par nya glasögon till pappa, så att han faktiskt kunde läsa böcker om han ville göra det. Och vi skulle köpa en starkare lampa till hans säng. Vi bestämde också att vi, trots arbete och flickvänner och socialt umgänge, skulle se till att alltid äta middag med pappa på helgerna. Det betydde faktiskt mycket. Både för honom och för oss.

"Det känns som en andra chans", sa Calle.

"Ja", svarade jag.

"Minns du när pappa sa att han ville lära sig Internet?"

"Ja."

"Vi kanske skulle försöka."

"Ja."

"Eller är det för svårt för honom?"

"Det är säkert svårt för honom, men om han bara vill så borde han ju klara det."

"Vi kan ju sitta med honom när han surfar."

"Exakt. Vi börjar med något välbekant. Vi kan lära honom hur man läser Expressen på nätet."

"Det kommer han att gilla."

"Ja. Vi ordnar det imorgon när vi vaknar."

Vi tog in två sexor iskall vodka till.

Fem timmar senare, nu på Spy Bar. Väggarna lutade sig mot mig vart jag än gick.

Min mobiltelefon ringde. Jag såg på displayen att det var mamma. Jag tittade på klockan, 03.47. Vad gjorde mamma uppe vid den här tiden? Jag svarade, men ljudet omkring var så högt att jag inte hörde någonting. "Skicka ett sms", skrek jag i luren och lade på. Efter femton sekunder ringde hon igen. "Men, för helvete", sa jag för mig själv och gick ut på gatan för att ta samtalet.

"Jag är på Södersjukhuset. Pappa är väldigt dålig igen."

Jag satte mig ner på trottoaren.

"Hur dålig är han?"

"Läkarna säger att han nog inte kommer att klara den här natten."

Jag stod tyst i fem sekunder. Han kommer inte att klara natten? För några timmar sedan planerade vi hans hemkomst. Nu kommer han inte att klara natten?

"Vi kommer med en gång", sa jag.

"Var är ni någonstans?" frågade mamma.

"Vi är... Vi är inne i stan."

Jag märkte att jag sluddrade.

"Var inne i stan?"

"Oroa dig inte. Vi kommer med en gång."

Jag hittade Calle i vimlet och vi kastade oss ut på Birger Jarlsgatan. Vi var båda så berusade att vi inte kunde gå rakt.

En taxiresa i fullständig tystnad. På radion spelades ”Walk like an Egyptian”. Utanför bilen berusade människor i varje hörn på väg till nattmatställen eller vidare till nästa fem-öppna nattklubb. Det hade börjat regna ute.

”Var det så hon sa, att han inte kommer att klara natten?” frågade Calle.

”Ja. Så sa hon”, svarade jag.

Tystnad igen. Calle begravde huvudet i sina händer.

Vi sprang in på intensivavdelningen, uppumpade av alkohol och rädsla forcerade vi dörrarna. Rummet var nedsläckt när vi kom in. Jag och Calle ställde oss i mitten, men våra alkoholångor nådde ut i alla hörn. Ingenting var som jag hade föreställt mig det. Här fanns inga sköterskor som sprang fram och tillbaka, inga läkare som skrek och pekade, inga monitorer som gav ifrån sig ljud. Här fanns en sköterska som satt ner på en stol med händerna på knäna. Mamma som stod vid fönstret och tittade ut. Och där låg pappa i en säng. Någon läkare hade höjt upp ena sidan av sängen, så att han låg liksom i uppförsbacke, det såg precis ut som om han just skulle läsa tidningen. Hans ena hand höll krampaktigt tag om ett av de galler som fanns vid sidorna för att förhindra att han ramlade ur sängen.

Sköterskan kom fram till oss, mild i blicken, och förklarade vad som höll på att hända. Pappa levde, men hans puls minskade för varje minut som gick. Läkarna hade gett upp hoppet om att rädda hans liv. Det enda vi kunde göra nu var att vaka. Calle ville inte tro det.

"Men om pappa lever måste det ju finnas något ni kan göra", sa han.

Sköterskan skakade på huvudet.

"Men vad menar du? Han lever ju! Jag kan ju se hans puls på den där mätaren!"

Mamma kom fram och kramade om Calle. Han började gråta i hennes famn.

"Det måste ju finnas något vi kan göra", sa Calle.

"Nej. Det håller på att ta slut nu."

"Vi kan väl väcka honom och prata lite med varandra i alla fall", sa Calle. Han grät och mamma lade handen på hans axel.

Så gjorde han sig fri från mamma och gick bort till pappa.

"Lilla pappa. Du kan väl vakna nu. Du kan väl vakna bara en liten stund, så att vi kan prata lite."

Calle strök handen över pappas skägg, smekte hans kind, placerade sin hand i hans. Och grät.

"Lilla pappa", sa han.

Om och om igen.

"Lilla pappa. Lilla pappa."

Calle lade sitt huvud över pappas bröst. Lyssnade på hans hjärtslag och grät.

"Du är ju alldeles kall."

Jag betraktade sköterskan som reste sig upp från sin stol. Hon gick bort till pulsmätaren. Jag såg hur hans puls sjönk.

64
57
52
46
39

Siffrorna rasade i allt snabbare takt. Sköterskan stängde av apparaten. Säkert enligt någon procedur. Anhöriga vill inte följa sina älskades bortgång via siffror på en skärm. Jag blundade och allt jag hörde var Calles gråt och hur han hela tiden sa "lilla pappa".

"Tror du han kan höra mig?" frågade Calle sköterskan.

"Jag vet inte", svarade hon. "Jag tror det."

Mamma gick fram och ställde sig på andra sidan av pappa. Jag stod kvar i mitten av rummet.

"Kom och ta farväl", sa mamma.

Jag skakade på huvudet. Det fanns ingen sorg inom mig. Bara skräck. Jag var rädd för att känna hur livet försvann ur honom.

"Kom", sa Calle. Han vände sig mot mig och jag såg hans rödgråtna ansikte. "Han kanske kan känna att vi är här. Även om han inte är vaken kanske han kan känna att vi är här."

Och jag gick fram. Jag andades genom näsan, för jag ville inte att pappa skulle känna doften av alkohol i min andedräkt. Tog pappas svala hand, kände hur den krampaktigt höll fast i gallret. Jag försökte försiktigt lossa handen, göra det mer bekvämt för honom, men han höll den i ett järngrepp. Det måste ha varit hans sista aktiva val i livet, att föra handen mot gallret och greppa tag i det. Sedan hade han somnat in.

Vi höll om varandra och vi höll om pappa när han tog sina sista andetag.

Så släcktes en lampa någonstans i periferin. Jag såg den i ögonvrån. Sköterskan gick fram.

”Nu är Allan död”, sa hon.

Jag och mamma stod tysta. Calle grät.

”Det är han inte alls! Pappa är inte alls död.”

Mamma försökte omfamna Calle, men han ville inte. Han smekte pappas skäggiga kind mycket försiktigt.

”Lilla pappa… Lilla pappa…”

Jag köpte en svart kostym och en slips som var så vit att den nästan var blå. Jag klädde på mig kostymen noggrant, nästan rituellt, som man tänker sig att gamla, medfarna krigsveteraner tar på sig sin uniform en sista gång när de står i färd att skjuta sig själva i munnen. Jag knöt slipsknuten på exakt det sätt som pappa lärde mig när jag femton år gammal skulle gå på min första skolbal. En enkel knut, något varv runt och sedan igenom öglan. I efterhand fick jag veta att det där inte var en existerande knut. Kompisarna skrattade när de såg den och kallade den låtsasknuten. Jag avfärdade det där pratet och sa som pappa alltid sagt om den där knuten: ”Den gör sitt jobb.”

Vi satt fyra i bilen på väg mot Skogskyrkogården. Vi sa ingenting, lyssnade på vindrutetorkarna som vände fram och tillbaka över rutan. Gummit gnällde mot den våta rutan. När jag var barn och vi reste i den blåa Volvo 245:an fantiserade jag om att de där två vindrutetorkarna var personer. Torkaren till höger var mamman och torkaren till vänster var det lilla barnet. Mamman säger att hon måste åka på ett ärende till stan och att barnet måste vara kvar hemma. Och så ger hon sig av, mot högersidan av rutan. Men barnet vill inte vara hemma. Barnet vill följa med mamma till stan, så han smyger efter henne mot högersidan. Men mamman upptäcker barnet precis när hon kommit ikapp, blir förgrymmad och säger: ”Men du skulle ju vara hemma!” Och så motar hon barnet tillbaka till vänstersidan av rutan. Hon ger sig sedan av igen mot högersidan, barnet smyger efter och blir återigen upptäckt. Så där håller det på, tills det slutar regna för då går mamman och barnet och lägger sig, utmattade av denna idiotiska jakt. Jag försökte förklara den här dramatiken för pappa en gång, men han förstod nog inte vad jag menade. Han sa ”Jaså du” och blickade vidare ut i regnet.

Minnena av alla dessa bilresor är många och starka. Tre barn bak i bilen och mamma och pappa där fram. Pappas vita kalufs över nackstödet och doften av mammas cigaretter av märket röda Prince mjukpack som hon kedjerökte och med stor skicklighet askade ut genom glipan i det minimalt nedvevade sidofönstret.

Pappa åt Dextrosol för att orka köra de långa sträckorna. Vi frågade om vi fick smaka och det fick vi alltid, men först efter att pappa noga påpekat att ”det är inte godis, det här”. Och alltid röster på radion. Ingen musik, bara röster från mycket allvarliga människor som alla tycktes bära på stora sorger i livet. Dagens Eko och de monotona nyheterna och sedan sjörapporten om ”väst, sydväst, sex till åtta” och liknande lingo som vi barn lyssnade på i tystnad utan att förstå det allra minsta. Om vi pratade under intressanta sekvenser for pappas pekfinger upp i luften och då tystnade vi snabbt.

Jag gillade de här bilresorna när hela familjen var tillsammans. Jag älskade att åka i dystert regn och sitta där och titta ut på allt det gråa och imponeras av bilens absoluta vattentäthet. Jag älskade att åka i sol, då hela bilen lystes upp och varenda fågellort och vartenda litet krossat flygfä avtecknade sig på framrutan. Pappa sträckte då och då handen bakåt och sa ”hallå pojkar” och vi svarade alla ”hallå”, sedan tog var och en av oss hans varma hand och kramade den. Ibland åkte vi fel och pappa blev galen och skrek ”SATAN” och mamma lugnade och sa ”det är ingen fara, vi vänder vid nästa avfart”. Ibland var det bråk där fram när pappa trixade med någon fläkt eller radiostationsinställning och mamma skrek ”du måste koncentrera dig på vägen”. Och pappa svarade ”äsch” eller ”trams”, men slutade ändå genast med de där aktiviteterna. Ibland var det bråk där bak, så spektakulära och högljudda att mamma till slut skrek ”JAG BLIR TOKIG”. Men för det mesta trivdes vi med varandra. Vi var fem och vi var tillsammans. Vi var en bil lastad med hela familjen Schulman.

Nu åkte vi bil tillsammans igen. Fyra av oss var på väg för att begrava den femte. Vi var ute i för god tid och ställde oss utanför Skogskyrkogårdens kapell och väntade. Mamma rökte intensivt. Tog en cigarett, rökte halva, skruvade den sedan mot en vägg och stoppade tillbaka halvan i paketet. Så tog hon upp den igen efter en stund och fortsatte där hon slutade. Svartklädda män och kvinnor anlände långsamt från alla håll. Jag kände endast igen få av dem. Ingen vågade komma fram och hälsa. De ställde sig på håll och mumlade och tittade ner i marken. När våra blickar oavsiktligt möttes nickade de vänligt och tittade sedan bort.

Det stod en fotograf från Aftonbladet vid ingången till kyrkan. Han hade klätt sig i svart sorgekostym och hade en ostruken slips som ringlade längs hans runda mage. Jag kände genast någon sorts sympati för honom och för den respekt han visade. Han tog bilder på håll och använde inte blixt, han lät oss vara ifred så gott han kunde. Begravningsgästerna stannade upp en sekund för att låta honom göra sitt jobb och gick sedan vidare in i mörkret.

Vi var sju barn och vi tågade in tillsammans. Vi satt till vänster om kistan, som var mörk och väldigt stor. Det gick in tre eller fyra pappa i den där kistan. Runt den fanns stora blomuppsättningar med sidenband med avsändarnas namn. Det var något skrytsamt över de där jättebuketterna som jag inte riktigt gillade. De flesta namnen på banden var mig fullständigt främmande. Jag slogs av att jag inte funnits till under den största delen av pappas liv. Han hade älskats av och älskat många människor som jag aldrig ens hade träffat.

Begravningsceremonin var planerad av pappas samtliga barn. Jag hade i stort sett inte varit delaktig alls. Ledorden under samtalen hade varit ”hur pappa skulle vilja haft det”. Jag förstod inte det där. Hur pappa skulle vilja haft det? Pappa var så rädd för döden att han vägrade att tänka på sin egen begravning. Jag hade aldrig hört ett enda önskemål från hans sida gällande detta. Vi hade aldrig ens diskuterat det. Ändå hade det under hela tiden talats om "hur pappa skulle vilja haft det".

Jag hade bara ett önskemål och det var att någon skulle sjunga Tove Janssons "Höstvisa" under begravningsakten. Pappa berättade en gång för mig hur fin han tyckte att den var i all sin sorglighet. "Den handlar om hur sommaren är här och allting prunkar och är vackert, men så vänder året plötsligt. Det blir mörkare. Och snart kommer hösten och kylan och allting som man älskar försvinner. Tove Jansson uttrycker det på det vackraste sätt jag känner till." Pappa tittade ner i golvet och för första och enda gången i livet hörde jag honom sjunga:

Skynda dig, älskade,
skynda att älska,
dagarna mörkna minut för minut.
snart är den blommande sommaren slut.

Så sjöng pappa på sin brutna finlandssvenska. Han tittade upp på mig och log. "Det där handlar lika mycket om livet och om oss människor. Vi måste skynda att älska varandra, för våra dagar mörknar också minut för minut."

Ett femtiotal svartklädda gäster satt med böjda nackar och händerna i knäet och såg hur pappas barnbarn Linda gick fram till kistan och sjöng visan. Jag lyssnade på den första versen.

Vägen hem var mycket lång och ingen har jag mött.
nu blir kvällarna kyliga och sena.

Kom trösta mej en smula, för nu är jag ganska trött,
och med ens så förfärligt allena.
Jag märkte aldrig förut att mörkret är så stort,
går och tänker på allt det där man borde
Det är så mycket saker som jag skulle sagt och gjort,
och det är så väldigt lite jag gjorde.

Hon sjöng: "Skynda dig, älskade, skynda att älska" och jag satt där, tittade ner på mina egna skor och försökte att inte bryta ihop. Fick inte börja gråta, fick inte springa ut härifrån. Måste bara sitta här och vara tyst och vänta ut ceremonin. Jag brottades med mig själv. Spelade rollspel, låtsades vara kapellets vaktmästare som kom in och förstrött undrade vem i den långa raden som gick i graven idag. Låtsades vara prästen, som uttråkad väntade på att lillflickan skulle vara färdig med den där underliga låten någon gång. Jag gjorde allt som stod i min makt för att distansera mig från det jag upplevde. Linda sjöng tredje versen.

Nu blåser storm där ute och stänger sommarns dörr
det är för sent för att undra och leta.
Jag älskar kanske mindre än vad jag gjorde förr
men mer än du nånsin får veta.
Nu ser vi alla fyrar kring höstens långa kust
och hör hur vågorna vilsamma vandra.
En enda sak är viktig och det är hjärtans lust
och att få vara samman med varandra.

Ceremonin tog slut och utan att ta farväl av någon sökte vi oss till vår bil. Regn mot utsidan av vindrutan, imma på insidan. En bil dränkt i tystnad. Fyra i familjen Schulman hade just begravt den femte. Ljudet av mamma som tände en cigarett.

Känsla av triumf över att inte bryta ihop.

Det tog fem år för mig att inse att den sanna triumfen ligger i att faktiskt göra det.

Jag åker längs en väg som är mig mycket bekant. Det är en grusväg som dammar och spottar sten mot dikena till höger och vänster och som hela tiden vill överraska med oväntade kurvor. Men mig överraskar den inte. Jag kan allt om den här vägen. Jag körde här senast för tre månader sedan. Då var det högsommar, nu anländer jag till ett torp som står ensamt mitt i hösten. Allt är som förr, utom grönskan.

Jag kliver in i torpet, det är lika kallt inne som ute. Jag sätter på alla element jag hittar. Jag upptäcker en öl i skafferiet, dricker upp halva vid köksbordet och tittar ut över sjön. Det är sent och mörkt, men lamporna från fiskodlingen där ute glittrar vänligt.

Jag går upp för trätrappan, håller i räcket som blivit så lent efter alla dessa händer under alla dessa år. Jag tänder lampan till pappas sovrum och går in. Sängen är bäddad på mammas karakteristiska vis. Hon har vikt upp en flik av täcket, som på ett bättre hotell. På nattygsbordet ligger några foton som måste ha tillhört pappa. En svartvit bild på hans föräldrar. Ett skolfoto på Calle där han saknar framtänder. En bild på Niklas som stolt visar upp en väldigt liten gädda som han fångat med spö. Och en gulnad bild på mig och pappa. Jag sitter i pappas knä vid en strand. Mörka moln travar sig på varandra där borta i horisonten, men jag och pappa har sol. Jag har min hand på pappas lår, som för att se till att han inte försvinner. Och pappa blickar ut över havet. Jag minns den där stranden. Det började regna sedan. Jag minns att jag kramade pappa och hans hud var het och jag baddade den med vatten för att den skulle bli svalare.

På baksidan av fotot står skrivet med pappas bekanta handstil: ”Grekland, Kalogria, 1980. Sol. Under dagen växl. molnighet, sedan regn. 27 grader.”

Jag skrattar för mig själv, så typiskt och välbekant. Jag lägger mig i sängen och släcker lampan. Jag säger högt: ”Pappa, jag saknar dig väldigt mycket.”

Jag somnar efter en stund.

Tack till min bror Calle, min förläggare Karin, min redaktör Adam och min kompis Sigge. Utan er hade jag aldrig kunnat skriva boken.